LES ROMANS CHOISIS
BEAUTÉ PERFIDE
PAR
RENÉ
...UEL
60

RENÉ MIGUEL

BEAUTÉ PERFIDE

PREMIÈRE PARTIE

CHAPITRE PREMIER

Un soir du mois de juillet en 18.., plusieurs personnes étaient groupées comme dans un tableau sur une terrasse que bordait le jardin d'un ancien château. Sous une espèce de tente était assis le propriétaire, le baron Raoul de Saint-Maigneley, beau vieillard aux cheveux blancs. Le vieux baron autrefois si élégant, si recherché, était devenu un gentilhomme campagnard : un vieux chien de chasse dormait à ses pieds, un autre petit épagneul, âgé aussi, était étendu nonchalamment près de son maître.

Un peu plus loin, à moitié penché sur la balustrade du perron, était un jeune homme d'une tournure élégante et distinguée. Sur ses traits délicats était empreint un air d'ennui; il paraissait se plaindre, en lui-même, de s'être laissé entraîner à venir passer quelque temps à dix kilomètres de Bordeaux au château de Saint-Maigneley.

Sur les dernières marches descendant au jardin, était un homme debout, dans l'attitude d'une profonde méditation, les bras croisés, les yeux baissés, les sourcils légèrement contractés, la figure de cet homme, qui se nommait Lucien Danglars, était étrange.

Le baron Raoul de Saint-Maigneley était un homme accompli de son temps. Il avait beaucoup voyagé; il possédait des tableaux et des statues; il parlait et écrivait bien toutes les langues modernes. Il était fort riche, très hospitalier, aimant le monde.

Lucien Danglars était un savant distingué. Par sa puissante fascination il parvint à gagner la faveur du vieux châtelain qui le prit auprès de lui comme secrétaire et bibliothécaire.

Lucien Danglars jouait parfaitement aux échecs; il était très habile comptable; il possédait de grandes connaissances qui le rendaient plus utile dans la bibliothèque de Saint-Maigneley, qu'aucune encyclopédie. Et comme il parlait l'anglais et l'italien, il enseigna ces deux langues à la nièce du vieux baron, et dirigea son éducation littéraire.

Néanmoins, un grand obstacle s'opposait à ce que Danglars acceptât l'emploi que lui offrait Saint-Maigneley; il avait à sa charge un jeune orphelin âgé de dix à douze ans, que le vieux baron croyait être son fils, cet enfant était venu de Paris avec Danglars qui le soignait comme son instituteur ou comme son père. Saint-Maigneley offrit de le mettre en pension et de payer pour lui, si Danglars consentait à rester au château A la fin, tout s'arrangea; l'enfant fut invité à venir; on le trouva si gai et si gentil, de si bonnes manières, qu'il devint le favori du vieux baron, qui voulut le garder dans sa maison, avec son soi-disant père; et pour ne pas faire un mystère inutile nous dirons que tel était véritablement le degré de parenté entre Lucien Danglars et Alain Rocquemont. Ce nom indiquait une double et illégitime origine. Le père était Français et la mère Anglaise.

Cet enfant était assis au milieu de l'escalier du perron, tenant un crayon et un carnet il faisait une esquisse : c'est le portrait de son père auquel il donne une expression d'ironie méchante et terrible, qu'on n'aperçoit pas maintenant du moins, dans l'esprit tranquille de méditation où il est.

Alain lui-même, comme il était posé, aurait été une étude bien intéressante pour plus d'un artiste : il était petit pour son âge, mais bien fait, et d'une charmante figure, quoique pourtant sa beauté fût efféminée. De longs cheveux blonds tombaient sur ses épaules, son teint était éblouissant de fraîcheur : cependant, il avait quelque chose de dur et d'ironique dans l'expression de la bouche, enfin l'esprit et l'intelligence étaient peints sur cette jolie figure.

Son esquisse était étonnante de ressemblance et montrait le germe d'un grand talent; soudain le père se retourna, et aussitôt l'enfant mit son esquisse dans la poche de sa veste, et il sourit quand ses yeux rencontrèrent Danglars ; le père fit signe au petit garçon d'approcher, ce qu'il fit timidement.

— Alain, dit son père, où sont-ils ?

L'enfant montra un grand cèdre.

Danglars réfléchit un instant, et puis descendit lentement l'escalier et marcha tout doucement sur la pelouse, jusque vers l'arbre, dont les branches, en s'abaissant, formaient un berceau. Sous ce sombre pavillon de verdure, ses yeux purent apercevoir les deux personnes qui étaient assises sur un banc ; puis s'approchant encore il s'arrêta pour les contempler.

L'une de ces personnes était un jeune homme, dont l'habillement simple et l'air timide contrastaient fortement avec l'air froid et compassé de M. Charles Rollot.

Son origine n'était pas noble, mais il avait du moins le cachet de l'aristocratie de la nature dans ses traits d'une rare régularité. Il paraissait écouter respectueusement ce que disait une jeune fille assise à côté de lui, qui parlait avec animation. ce qui s'apercevait par ses gestes. Cette jeune personne était la nièce bien-aimée du baron Raoul de Saint-Maigneley et son héritière présomptive.

— Ne vous alarmez pas en exagérant les difficultés, disait-elle ; n'y faites pas attention… c'est mon affaire. Lavilletertre, je vous aime, et quand j'ai vu que votre timidité ou votre orgueil vous défendait de parler le premier j'ai surmonté la modestie ou la dissimulation de mon sexe ; et quand je vous ai dit : « Oubliez que je suis l'héritière présomptive de Saint-Maigneley (ne voyez en moi que Blanche Varnois) et aimez-la, si vous pouvez… ajouta-t-elle à mi-voix et en rougissant.

« Quand je vous parle, comme je le fais aujourd'hui, gardez-vous de croire que je n'aie pas envisagé tous les obstacles qui s'opposent à notre union, et trouvé les moyens de les surmonter.

— Mais, répondit Lavilletertre en hésitant, pouvez-vous concevoir qu'il soit possible que votre oncle donne jamais son consentement ?… L'orgueil règle seul sa conduite ! N'a-t-il pas chassé votre mère, sa propre sœur, de sa maison et de son cœur ? Elle n'avait pourtant commis d'autre faute que de s'être remariée à un homme qu'il croyait au-dessous de son rang ! A-t-il jamais consenti à voir votre sœur, l'enfant de ce mariage ? Son affection pour vous n'est-elle pas mêlée d'orgueil ? Il vous croit fière et ambitieuse comme lui. N'a-t-il pas engagé votre cousin Rollot à vous offrir ses hommages qu'il trouve digne de vous ? Ce mariage comblerait ses vœux en réunissant les deux branches de son antique maison ? Comment pourrait-il apprendre, sans une indignation fatale à votre fortune à venir, que votre cœur s'est permis de choisir un mari dans Jacques Lavilletertre, homme sans ancêtres, sans nom et sans position dans le monde ?

— Mais vous n'êtes pas sans position ! interrompit Blanche avec fierté. Pensez-vous que si vous étiez maître de ce château, votre carrière ne serait pas plus brillante que celle de cet inutile personnage? Pensez-vous que si je n'avais pas reconnu en vous de l'énergie et des talents qui conviennent à mon ambition, je vous aurais aimé ?… Non, car je suis ambitieuse, vous le savez, voilà pourquoi mon cœur vous a donné tout son amour.

— Ah ! Blanche ! plût à Dieu que votre oncle pressentît mon élévation future, malgré l'obscurité présente où je suis.

— Je ne sais pas ce qu'il en sera ; mais si vous m'aimez, nous attendrons ; ne craignez pas votre rival Rollot. Je sais comment m'affranchir d'un tel péril... Nous pouvons attendre, mon oncle est vieux... ses habitudes ne lui promettent pas une longue vie... Il a déjà eu plusieurs attaques... Nous sommes jeunes, cher Jacques ; qu'est-ce qu'un an ou deux pour ceux qui espèrent ?

Lavilletertre pâlit, un frisson passa dans ses veines. Comment, cette jeune fille adorée de son oncle, elle qui aurait dû être son soutien dans sa vieillesse, pour adoucir ses infirmités, qui aurait dû éprouver le chagrin le plus vif et le plus sincère de sa mort, pouvait-elle ainsi unir froidement dans sa pensée le tombeau à l'autel ?

Il fut tiré de l'embarras de répondre par l'arrivée de Danglars.

— Il y a plus d'une demi-heure que vous êtes absents, dit-il avec un sourire ; puis il tira sa montre et la plaça sous leurs yeux. Croyez-vous que tout le monde vous ait oubliés ?... Pensez-vous, Mademoiselle Blanche, que votre oncle n'ait pas déjà demandé où est sa belle nièce ? Allons le retrouver...

Il offrit son bras à la jeune fille ; elle hésita un moment, puis l'ayant accepté, elle retourna vers Lavilletertre et lui tendit la main. Jacques la pressa à peine ; pendant qu'elle retournait vers la terrasse avec Danglars, le jeune homme se dirigea d'un autre côté.

Tandis que Danglars et Blanche s'approchaient de la maison, le précepteur s'adressa ainsi à son élève :

— Vous me pardonnez, j'espère, de prendre plus vos intérêts que vous-même, et vous me pardonnerez encore de soupçonner vos secrets... et d'alarmer votre orgueil. Pourriez-vous être assez imprudente pour avoir pour ce jeune homme plus qu'un caprice ?... et de vous amuser de sa vanité ?

— En vérité, vous m'offensez, dit Blanche avec hauteur ; vous n'avez pas le droit de me parler ainsi.

— Je n'en ai pas le droit, répéta Danglars, alors, je me suis bien trompé sur le compte de mon élève. Croyez-vous que j'aurais abaissé mon orgueil à rester ici, dans la dépendance, si je n'avais pas éprouvé pour vous un vif et profond intérêt ? C'est sur ce sentiment que je fonde mon droit, pour vous avertir et vous conseiller. J'ai cru reconnaître en vous un esprit en rapport avec le mien, un esprit au-dessus de votre âge et de votre sexe, un esprit enfin, qui a toute l'énergie et la fermeté d'un homme ; pourtant vous étiez à peine sortie de l'enfance... Et cependant, n'ai-je pas donné à votre esprit cette nourriture forte que les ministres de Florence donnaient aux jeunes princes, leurs élèves, les maximes et la morale de notre siècle avancé ?

— Vous m'avez donné le goût des sciences, je l'avoue, répondit Blanche, avec un léger soupir de regret. Et dans ces connaissances que vous m'avez communiquées, j'ai senti un charme qui, pourtant, me semble devoir être fatal. Vous avez confondu dans mon esprit le bien et le mal, ou plutôt, vous les avez laissés comme des cendres mal éteintes, comme la poussière de charbon dans un creuset ; vous avez fait que mon esprit est maintenant ma seule conscience. Depuis peu j'ai souhaité que mon précepteur eût été un simple maître d'école de village !...

— Vous avez ce désir depuis, sans doute, que vous écoutez les niaiseries de ce charmant flirt ?

— Osez-vous le mépriser ainsi... lui si bon, si honnête...

— Je ne le méprise pas parce qu'il est bon et honnête, mais parce qu'il est plus qu'ordinaire, sans caractère et sans but ; et c'est pour ce jeune homme que vous êtes prête à tout sacrifier ?... Pour lui, qui n'a aucun mérite, ah ! vous froncez le sourcil... cela vous trahit, vous l'aimez !

— Et si je l'aimais... dit Blanche, relevant fièrement la tête et regardant celui qui l'interrogeait. Est-il indigne de moi ? Causez avec lui, et vous verrez que la beauté de son extérieur cache un grand bon sens ; il ne lui manque que la fortune : je peux la lui donner. Il a du moins de l'éducation et del'éloquence… qu'est-ce que M. Rollot a pour lui ?

— Je n'en parle pas !…

Blanche jeta un coup d'œil sur Danglars…

— Non, dit-elle d'une voix calme, à laquelle l'ironie donnait une expression piquante. Non, vous ne parlez pas de M. Rollot ; mais vous pensez que si je cherchais autour de moi… je pourrais faire un meilleur choix.

— Que vous êtes cruelle… que vous êtes injuste, dit Danglars d'une voix mal assurée. Mais, ajouta-t-il, si j'ai eu trop de présomption pour un moment, au moins je n'ai point renouvelé mon offense. Puis il continua vivement :

— Avec moi, bien que vous paraissiez me mépriser… vous n'auriez à courir aucun des dangers qui vous menacent si vous donnez tout de bon votre cœur à Lavilletertre.

— Vous pensez que mon oncle serait fier de donner ma main à M. Lucien Danglars ?

— Je pense et je suis sûr, répondit le précepteur, sérieusement, sans faire attention à la raillerie de Blanche, que si vous daigniez me rendre le plus heureux des hommes, vous seriez toujours l'héritière de Saint-Maigneley.

— Vous me l'avez dit… reprit la jeune fille avec curiosité. Mais comment, et par quel moyen pourriez-vous obtenir le consentement de mon oncle ?

— C'est mon secret, répondit Danglars d'un air sombre ; mais quittons ce pénible sujet… Ma chère pupille, je vous avertis à temps ! Apprenez à connaître l'amour tel qu'il est, dans l'histoire compliquée de la vie ; c'est un enchantement bien court… Il n'est pas à dédaigner, mais il ne faut pas le considérer comme le bien suprême. Voyez dans le monde ceux qui se sont mariés par inclination : leur amour au bout de quelque temps ne s'est-il pas envolé ?… Si jamais vous épousez Lavilletertre, vous ne le verrez tel qu'il est réellement que lorsque la passion sera éteinte ; ce que vous appelez aujourd'hui sa bonté vous paraîtra faiblesse et vous le mépriserez ; lui, de son côté, voyant le pouvoir réel de votre intelligence, bientôt frissonnera, en comprenant que vous êtes supérieure à votre sexe, et alors il vous haïra…

— Taisez-vous ! s'écria Blanche tremblante de colère… S'il est capable d'avoir de la haine pour moi je la devrai à vous… à vos leçons… à votre fatale influence !

— Non, Blanche !… Les germes étaient en vous !… Est-ce que la culture peut changer le sol ?

— Je veux arracher ce que vous avez semé dans mon cœur !… Oui, je veux changer !

— Je vous en défie ! dit Danglars avec un sourire qui donna à sa figure l'expression sinistre que son fils avait si bien rendue dans son esquisse. Je vous ai avertie, et ma tâche est remplie.

En disant cela il salua pour aller rejoindre le vieux baron de Saint-Maigneley et tous deux rentrèrent au château où ils se mirent à jouer aux échecs.

Pendant la scène précédente le baron, de son côté, s'entretenait avec son hôte et parent Charles Rollot.

— Ainsi, Charles, ce n'est donc plus la mode de monter à cheval à Paris ?

— Non, mon oncle ; cependant nous avons beaucoup d'autres défauts.

— Allons, allons, dit le vieillard avec tendresse, vous êtes assez jeune pour vous corriger. Un mariage convenable, une bonne petite femme, sauverait votre santé et vos morceaux de terre.

— Puisque vous parlez si bien du mariage, mon cher de Saint-Mai gneley, il est étonnant que vous n'ayez pas ajouté l'exemple à vos préceptes.

— Vive Dieu ! je n'avais pas vos infirmités ! Je n'ai jamais été un prodigue et j'ai une constitution de fer !

Là il y eut un moment de silence.

— Charles, continua de Saint-Maigneley, il y a bien des comtes qui ont moins de fortune que les domaines de Saint-Maigneley. Vous auriez dû déjà me comprendre. C'est mon intention de laisser toute ma fortune à Blanche... Si vous trouvez ma nièce à votre goût, faites sa conquête ! Etablissez-vous ici, tandis que je vis encore; votre santé s'améliorera par le bon air et les plaisirs de la chasse; morbleu ! Charles, je vous aime, et bien sincèrement !... donnez-moi votre main !

— Et avec elle un cœur reconnaissant, dit Rollot vivement ému ; et, sortant de son indolence, il s'élança vers le baron Raoul de Saint-Maigneley, et prit la main qu'il lui tendait. Croyez que je ne désire pas vos richesses; je n'envie, mon cher oncle, que la première place dans votre cœur et dans votre estime.

— C'est bien répondu, mon garçon, et je vous crois sincère. Que pensez-vous de mon projet ?

Charles Rollot parut embarrassé; mais retrouvant bien vite son aisance il répondit :

— Peut-être est-il inutile de savoir ce que je pense de votre projet; ma belle cousine a peut-être une autre inclination.

— Que voulez-vous dire ?

— Ne trouvez-vous pas que ce M. Lavilletertre est très bel homme et que...

— Qu'osez-vous dire ?. interrompit vivement le vieux baron. Que ma nièce, l'aînée de mes nièces, Blanche, puisse s'abaisser à remarquer ce qui est bien ou mal dans M. Lavilletertre !

— Oh ! mon cher oncle, reprit Rollot, malgré que l'on destine ce jeune homme au commerce, cela n'empêche pas les sentiments.

— Quelle erreur ! vous ne connaissez pas Blanche. Il y a beaucoup de jeunes filles qui ne seraient pas en sûreté près de certains freluquets aux yeux noirs et aux dents blanches; mais pour ma nièce, elle est ambitieuse, elle ne voudrait jamais se mésallier, j'en suis sûr.

— S'il en est ainsi, que le ciel la maintienne dans ces dispositions ! Je vous remercie de votre proposition qui me promet le bonheur !

Le vieux baron ne put s'empêcher de sourire.

— Pourtant, il faut le dire, Blanche est un peu difficile à conduire; mais nous autres, hommes du monde, nous savons nous y prendre pour gouverner les femmes. Quant à vos idées, c'est de la folie, ma nièce me connaît bien, elle a vu le sort de sa mère; elle a vu sa sœur exilée de ma maison. Pourquoi ?... elle n'avait commis aucune faute, la pauvre petite ! mais elle est l'enfant du déshonneur, et le péché de sa mère retombe sur elle. Je suis naturellement bon, mais j'ai, comme nos pères, le ridicule de tenir à la pureté de ma race. Si Blanche se conduit mal, et qu'en effet elle aime et encourage ce jeune homme, eh bien, je la rayerai de mon testament, et je mettrai votre nom à la place du sien.

— Mon oncle, dit gravement Rollot, en quittant son affectation habituelle, ceci devient sérieux; mais je pense qu'il y a eu de l'imprudence (si vous désiriez que Blanche Varnois m'acceptât comme prétendant à sa main), de lui faire connaître un homme bien supérieur à moi, quant aux avantages personnels, un homme à peu près de son âge, bien élevé, et en qui rien ne décèle sa naissance. Je n'ai aucune raison de croire qu'il ait fait la moindre impression sur le cœur de votre chère nièce; mais pardonnez-moi si j'ose vous dire franchement que si cela était, vous seriez injuste de la blâmer... vous ne pourriez en accuser que vous, pour avoir manqué de surveillance, ce qui est impardonnable à un homme qui connaît si bien le monde.

— Charles Rollot, dit le vieux baron, donnez-moi encore votre main !... J'ai bien raison de dire que vous avez le cœur d'un véritable gentilhomme... Mais laissons là ce sujet pour le moment; qui est-ce qui vient de quitter Blanche, là-bas ?...

— Votre protégé, Lucien Danglars.

— Ah! lui au moins, n'est pas aveugle... allez, et rejoignez Blanche!

Rollot salua et s'élança du côté où était la jeune fille ; mais quand elle l'aperçut elle entra brusquement dans une des allées qui conduisaient de l'autre côté du château ; et lui, soit par discrétion ou indifférence, s'arrêta, comprenant qu'elle cherchait à l'éviter. Rollot alla s'asseoir sur un banc dans la pelouse, et appuyant sa tête sur une de ses mains il se laissa aller à ces réflexions :

— Si je prends cette jeune fille avec l'héritage qu'on m'offre, perdrai-je ou gagnerai-je ? Je conviens qu'elle est belle ; mais loin d'en être amoureux, Blanche fait naître en moi un sentiment qui ressemble à la crainte et à l'aversion. Ajoutez à cela qu'elle n'a évidemment aucune sympathie pour moi, pas plus que moi je n'en ai pour elle. Voici de singuliers auspices pour le mariage d'un pauvre détraqué qui désire seulement mourir en paix !... Si j'étais assez riche pour me marier à mon gré... Si j'étais ce que j'aurais pu être, l'héritier de ce château... oui, il y a dans le monde une douce et charmante Marie, dont les yeux sont plus doux que ceux de Blanche ; mais c'est un rêve !... D'un autre côté, si je n'épouse pas cette Blanche, et que mon oncle de Saint-Maigneley lui donne tout ce qu'il possède, ou presque tout, je suis ruiné ? Je sais que je ne peux pas vivre plus de deux ou trois ans, et je pense bien que mon cher oncle me survivra ; à trente-huit ans, j'ai abîmé ma santé et dépensé ma fortune; ce château ne pourrait me donner que de bien courtes jouissances... Ma pauvre mère espérait mieux pour moi... c'est bien que tout soit rompu avec Marie ! Personne ne pleurera ma fin ; je veux mourir en riant, comme j'ai vécu.

II

Quand Blanche vint chez son oncle, le baron Raoul de Saint-Maigneley, elle avait quatre ans. Le baron restait alors à Bordeaux, faisait de fréquents voyages, et allait très peu dans son château. Il ne s'occupait nullement de sa petite pupille, satisfait de savoir que la nourrice était propre et soigneuse et que l'enfant se portait bien. Quand parvenue à l'âge de sept ans, elle commença à l'intéresser, il approchait de la vieillesse ; il examina sérieusement s'il la prendrait définitivement pour son héritière, car jusqu'ici il n'avait pas formé de projet bien arrêté sur ce sujet. Il fut tout étonné de trouver dans cette fillette un caractère impérieux et obstiné, très entêtée dans ses idées, très hautaine, très volontaire, et fort indifférente aux caresses, aux réprimandes et aux punitions, tellement que sa gouvernante en était au désespoir.

L'éducation de cette enfant ingouvernable intéressait le vieux baron; il y pensa sérieusement : il la fit venir plus souvent auprès de lui; il songeait toujours à elle. Il en résulta qu'en s'occupant de cette fillette si difficile, il la prit en affection plus même que si elle eût été un enfant ordinaire. Blanche gagnait le chemin de son cœur en flattant sa vanité.

Bien que souvent son front fût rembruni et ses yeux courroucés par les remontrances de son oncle, néanmoins quand il la faisait venir dans sa société, elle faisait une grande distinction entre lui et les personnes subalternes qui avaient cherché à lui faire des observations. Était-ce affection ? le baron le crut ainsi. Hélas ! quel parent peut connaître l'âme d'un enfant ?

La petite Blanche gagna donc l'affection de son oncle.

D'ailleurs elle flattait son amour-propre par ses dons extérieurs ; elle était belle, et avait cet air de distinction que l'amour de commander est propre à donner. Les amis de Raoul de Saint-Maigneley se plai-

saient à l'appeler leur « petite princesse », et ils étaient enchantés de
l'air de dignité avec lequel elle recevait leurs caresses et leurs jou-
joux, ce qu'ils regardaient comme le signe d'un esprit supérieur, qui,
en effet se développa bientôt dans la jeune Blanche; dans tout ce
qu'on lui enseignait elle montrait une compréhension extraordinaire,
et tous ses devoirs étaient faits avec promptitude et précision.

En devenant plus âgée, elle devint plus sérieuse et plus pensive.
Voyant peu d'enfants de son âge, et ne se liant avec aucun, son esprit
fut privé des objets ordinaires qui entravent la curiosité et l'étonn-
nante observation de l'enfance.

Le matin, Blanche était souvent dans la bibliothèque de son oncle,
et le soir dans le salon. Elle entendait toutes les conversations et jugeait sans appel. Il est toujours dangereux de laisser un enfant assister et se mêler aux conversations des grandes personnes.

Lucien Danglars était étrange (page 1).

La société du baron était composée de gens bien élevés, et s'obser-
vant devant les enfants, évitant toutes les anecdotes scandaleuses, et
toutes les allusions qui obligent les mères à renvoyer leurs filles du
salon: mais avec cette réserve, pourtant, on parlait du monde, on cal-
culait la fortune que le jeune A*** aurait après la mort de ses parents.
On était toujours porté à parler avec ironie des prétentions à la vertu
et avec grand respect des bienséances qui gouvernent le monde.

Tout cela produisait un effet inévitable sur l'esprit vif et pénétrant,
mais sombre et réfléchi de cette jeune fille.

Raoul de Saint-Maigneley vint enfin se fixer dans son château, la
vie lui parut plus douce et plus agréable.

Blanche avait alors treize ans; trois ans après, Lucien Danglars arriva au château, et dès ce moment un grand changement s'opéra en
elle.

La véhémence de son caractère peu à peu se dissipa, et fut remplacée par une sorte d'empire sur elle-même; son orgueil prit un autre caractère; les études masculines que son précepteur offrit à son esprit curieux et avide, égarèrent sa raison et son cœur; elle se pénétra fortement des principes de Danglars; le dangereux orgueil de l'ange déchu s'empara d'elle, et Blanche fit un Dieu de l'Intelligence. Tout ce qui tenait à l'étude, à la science la charmait; mais positive jusque dans ses rêveries, quand elle méditait, c'était un projet, un complot, un plan qu'elle formait; et quand elle réussissait dans ses desseins elle s'aplaudissait de son esprit, ou plutôt de son audace. La première leçon que la sagesse humaine nous donne, c'est de nous commander à nous-mêmes; ce fut elle qui rendit calme et tranquille cette fille impétueuse. Le vieux baron Raoul de Saint-Maigneley se plaisait à voir ce changement, qui malheureusement n'était pas sincère. Comme sa santé déclinait, il soupirait quelquefois en pensant que Blanche avait pour lui peu de tendresse; mais enfin il s'habitua à voir les talents, l'esprit et les défauts de sa nièce et fut content de tout.

Danglars donnait beaucoup de soins à sa jeune élève, mais ces soins n'étaient pas désintéressés; car il avait ses vues, en plongeant l'esprit et le cœur de Blanche dans cette profonde corruption qui toujours est le partage d'un esprit cultivé dans l'oubli de la morale; il attendait que le fruit qu'il avait cultivé fût mûr pour le cueillir; et Blanche avec la finesse de son sexe devina le but secret de son précepteur, mais elle ne frémit pas du danger. Orgueilleuse de son pouvoir, elle triomphait de voir son esclave dans son maître; elle avait atteint l'âge où la femme est curieuse de connaître sa puissance. Blanche méprisa dès lors celui qu'elle avait souvent regardé avec crainte. Enflammer la cupidité ou l'ambition de Danglars était chose aisée; mais toucher ce cœur de marbre !... ceci avait beaucoup de charme aux yeux de Blanche, et, chose étonnante, elle réussit. La passion aussi bien que l'intérêt de cet homme savant et dangereux s'accrurent avec l'espérance. Alors le jeu qu'ils jouaient tous les deux avait quelque chose d'effrayant dans son incertitude; car si Danglars ne pénétrait pas tout à fait dans les replis compliqués du caractère de son élève, elle de son côté, était loin d'avoir sondé l'âme noire de cet homme; Danglars n'espérait pas gagner l'affection de Blanche, mais il voulait, à la faveur de son inexpérience, de sa vanité et de ses passions, marcher à la victoire et devenir l'arbitre de son sort, quand tout à coup ses projets furent renversés par un événement tout à fait imprévu. Un rival se présenta; Blanche avait conçu pour Jacques Lavilletertre un amour ardent.

Cependant le baron de Saint-Maigneley ne se doutait de rien, malgré l'imprudence avec laquelle sa nièce recherchait la société de Lavilletertre. Il prit cela pour de la candeur; et comme il connaissait Blanche pour être instruite et très spirituelle, il pensait qu'elle était bien aise, ainsi que lui, de jouir de la conversation agréable d'un jeune homme supérieur; que c'était un soulagement au babil ordinaire de leurs voisins, et c'était tout naturel. Si cependant de temps en temps une crainte se présentait à son esprit, elle se dissipait bientôt en voyant que Blanche n'était ni pensive, ni rêveuse, en l'absence de Lavilletertre. Cette mélancolie et cette langueur qui accompagnent l'amour, n'étaient pas visibles sur cette nature forte.

Lorsque Blanche fut certaine que Lavilletertre payait de retour son affection, elle envisagea l'avenir avec calme et confiance; sa dissimulation se cachait comme une mer tranquille à sa surface qui ne laisse point apercevoir les courants qui se croisent et se jouent au fond de son lit.

Quant il vit que Blanche était dans l'âge où les femmes naturellement réfléchissent sur l'amour et sur le mariage, le baron de Saint-Maigneley songea plus vivement au projet qu'il avait conçu, savoir l'union des branches divisées de sa maison, par le mariage du dernier des Rollot avec l'héritière des Saint-Maigneley. Le vieux baron connaissait beaucoup Charles Rollot; il l'avait vu naître, il avait assisté aux fêtes de son baptême, quoiqu'il eût refusé d'être son parrain. craignant d'élever des espérances peu fondées dans la famille de Rollot il allait le voir au Lycée Louis-le-Grand à Paris; il l'avait accompagné quand il fut rejoindre son régiment. Puis à la mort de son père, lorsque Charles quitta le régiment et prit place dans les premiers rangs des fêtards, il lui avait donné des conseils et même lui avait envoyé de l'argent. Les habitudes dispendieuses de Charles Rollot, sa vie dissipée, sinon dissolue, justifiaient bien un peu les craintes que le vieux baron avait de confier le bonheur de sa nièce à un homme si léger et si inconstant, lorsque Rollot enfin s'amenda, voyant sa santé altérée et sa fortune détruite. Il était arrivé à l'âge de trente-trois ans quand le baron de Saint-Maigneley lui fit part de ses projets. Ce dernier avait pour maxime qu'un débauché corrigé fait un excellent mari; d'ailleurs Rollot au milieu de toutes ses erreurs n'avait jamais manqué à l'honneur, et son amabilité et la bonté de son cœur le faisaient aimer de tous ceux qui le connaissaient; après tout, si Blanche était sa plus proche parente, Rollot était le dernier représentant de l'ancienne lignée. Ce fut avec ce projet d'unir Charles Rollot et Blanche que le baron de Saint-Maigneley avait invité son parent à venir dans son château.

Charles Rollot d'ailleurs avait été élevé dans l'espoir d'être l'héritier présomptif du vieux baron Raoul de Saint-Maigneley. La coutume des Saint-Maigneley était de temps immémorial de transmettre de mâle en mâle tous leurs biens en passant par-dessus les droits des femmes. Quand Blanche enfant vint dans la maison du baron, bien que la brillante perspective de Rollot fût un peu obscurcie, cependant le ressentiment de Saint-Maigneley et le souvenir de la mésalliance de sa sœur semblaient garantir qu'il ne laisserait à l'orpheline que le douaire ordinaire d'une fille de cette maison et que le château et les terres reviendraient à leur destination accoutumée. Cette croyance avait produit un effet très préjudiciable dans la carrière de Charles Rollot. Qu'avait-il besoin de s'inquiéter de l'avenir ? La grosse fortune du vieux baron rétablirait tout. Rollot avait pourtant été arraché de ce rêve depuis deux ou trois ans par un attachement qu'il avait eu pour la fille d'un comte qui était sans dot; le domaine de Rollot étant trop hypothéqué pour lui permettre les arrangements convenables que la famille de la jeune personne exigeait, il fallut connaître les intentions du baron Raoul de Saint-Maigneley; trop délicat lui-même pour les sonder, il en avait chargé le comte, qui connaissait beaucoup le vieux gentilhomme, et adroitement il voulut savoir quelles étaient les intentions du riche châtelain. Le résultat fut un désappointement terrible. Raoul de Saint-Maigneley venait de se décider à constituer Blanche pour son héritière, et avec la franchise qui lui était naturelle, il l'avait dit au comte qui refusa alors de donner sa fille à Rollot.

Le cœur de ce dernier fut brisé de douleur; ce refus lui parut une cruelle injure, mais peu à peu son caractère noble s'adoucit et sa raison finit par trouver injuste et sans fondement l'indignation qu'il avait d'abord ressentie. Le baron Raoul de Saint-Maigneley n'avait jamais encouragé les espérances indiscrètes de la famille de Rollot et de lui-même. Le vieux châtelain était le maître de sa fortune; et après tout n'était-il pas plus naturel qu'il préférât l'enfant qu'il avait élevée à un parent éloigné, n'ayant d'autre titre, sinon que l'homme succédait à l'homme dans la lignée antique des Saint-Maigneley ? Et Marie de Rouville fut perdue pour lui; son indifférence pour la fortune, cette légèreté française de caractère, la persuasion qu'il ne ferait pas de vieux os, l'avaient laissé sans regret et sans ressentiment contre la décision de son parent. Son affection sincère revint pour le vieux baron; et quoiqu'il détestât la campagne, il avait, sans aucune pensée d'intérêt, ni aucun autre calcul, accepté l'invitation du châtelain, et quitté les plaisirs de la ville, au calme champêtre.

III

Ce soir-là, dans tout le château, il n'y avait que deux personnes éveillées, tout le reste dormait profondément.

Dans la cour de l'Est, dans une chambre dont les meubles et la tenture étaient en tapisserie ancienne, il y avait un grand lit doré, dans un enfoncement; les rayons de la lune étaient pâles et affaiblis par la lumière qui était sur la table. A côté de cette table, Blanche était assise, le front appuyé dans une de ses mains, de l'autre elle tenait une rose...

— Que l'heure est lente !... murmura la jeune fille; puis elle se leva et marcha de long en large dans sa chambre.

Blanche Varnois était grande, plus peut-être qu'il n'est ordinaire à une femme, mais sa taille parfaite aurait pu servir de modèle à un sculpteur. Elle portait l'habillement à la mode, la taille de sa robe très courte; mais la finesse et la souplesse de l'étoffe dont elle était faite laissaient voir l'exacte proportion de ses formes. Ses bras nus, ou presque nus, étaient aussi beaux de forme qu'éclatants de blancheur : le col et les épaules superbes, également nus; elle avait le maintien noble. Sa personne pouvait également charmer l'artiste et l'homme sensuel. Le seul défaut qu'elle avait c'était d'avoir une main qui, bien que petite, était plutôt celle d'un homme que d'une femme; elle était musculaire; les veines très gonflées, les phalanges des doigts très prononcées, cette main dénotait dans le caractère une force de fer. Quand elle paraissait, tous les regards s'attachaient sur elle. Blanche était belle; mais sa beauté avait quelque chose d'extraordinaire qui embarrassait trop pour qu'on portât sur elle un jugement. Ses cheveux arrangés à la mode, tombaient en boucles sur son front, mais ne cachaient point une ligne légère ou ride qui séparait les sourcils; cette ligne est très rare chez les femmes, même dans un âge avancé. Cela donnait à la figure de Blanche une expression à la fois réfléchie et sévère. Les sourcils étaient légèrement indiqués; ses yeux, très grands et brillants, étaient ordinairement calmes; mais ils n'avaient point le charme de ce regard ouvert qui va au cœur et invite à la confiance; leur expression était vague; elle regardait habituellement de côté quand elle parlait; quelques personnes trouvaient ce regard modeste; d'autres le trouvaient faux. Si quelquefois elle levait les yeux sur les personnes auxquelles elle s'adressait, elle les fixait d'un air scrutateur, qui produisait toujours une étrange impression. Ses yeux étaient d'une couleur particulière; ils n'étaient pas bleus, ni gris, ni noirs, ni bruns, mais plutôt de ce vert semblable aux yeux des chats, qui sont ternes et incolores pendant le jour, et brillants dans l'ombre. Le profil de Blanche était parfait, et tenait du grec; vue ainsi, sa beauté était incontestable, mais de face, ou de trois quarts, tous ses traits prenaient une dureté qui avait quelque chose d'âpre et de glacial. Sa bouche était petite, les lèvres minces et pâles, les dents d'une blancheur éblouissante, mais un peu pointues et écartées, son teint pâle, mais de cette pâleur peu naturelle que l'étude et les veilles donnent aux hommes.

Blanche manquait de la fraîcheur de la jeunesse, ce qui lui donnait l'air plus âgé qu'elle ne l'était effectivement; le contour de la figure, peu arrondi, donnait de la dureté à tout l'ensemble; en un mot, la figure et le corps n'étaient point en harmonie. Si on avait caché la bouche et le bas de la figure on aurait vu alors tout le caractère de la partie supérieure changer, en même temps; les yeux auraient perdu leur fausseté, le front sa contraction sinistre; on aurait trouvé la figure non seulement belle, mais douce et féminine.

Telle était Blanche Varnois à l'âge de vingt ans; sa physionomie frappait les yeux les plus insouciants et jetait dans l'incertitude celui qui s'étudie à comprendre le mystérieux langage de la figure humaine. La première fois qu'on voyait la jeune femme l'impression qu'elle laissait était un sentiment de méfiance et de crainte; le cœur se tenait sur ses gardes. Cependant ce sentiment pénible s'évanouissait quand on l'observait davantage; alors succédait l'admiration de ses traits qui, semblables aux sculptures grecques, gagnaient de plus en plus à être examinés. Alors on leur trouvait un pouvoir magique et ceux qui voyaient souvent Blanche étaient tous d'accord sur sa beauté.

— ... Que l'heure est lente, répéta Blanche en prenant un livre et en allant s'asseoir dans un large fauteuil.

La jeune femme ouvrit ce livre et s'absorba dans la lecture de ce traité de médecine qui explique les pronostics et les symptômes des maladies !

Blanche suit avec deux yeux cruels les signes qui précèdent la Mort, ce hideux ennemi, dans son approche subite... elle referme le volume, et compte les heures et les jours du vieux baron Raoul de Saint-Maigneley son oncle, dont la richesse la rendrait heureuse et libre... il avait déjà eu deux attaques... la main de la jeune fille était sur une rose, sa pensée sur un cadavre...

Dans la tour opposée, dans une petite chambre près du toit qu'éclairaient les rayons de la lune, dormait un enfant. La porte s'ouvre... un homme entre furtivement et sans bruit...

— Alain, éveillez-vous ! dit une voix sombre, et en même temps une main ferme secoua l'enfant endormi.

Alain tressaillit, ouvrit les yeux et reconnut son père.

— C'est vous ? murmura-t-il.

Danglars s'assit à côté du lit de son fils et lui dit :

— Tournez votre tête de mon côté et regardez-moi !... approchez-vous afin que la lune éclaire vos traits... n'êtes-vous pas dissimulé avec moi ? n'êtes-vous pas l'espion de Blanche, tandis que vous avez l'air d'être de mien ? est-ce vrai ?... vos yeux vous trahissent; mais prenez-y garde : vous avez un esprit au-dessus de votre âge; eh bien, qu'aimez-vous mieux ? le misérable galetas où vous étiez à Paris, la mauvaise nourriture et les pauvres habits que vous aviez, ou votre logement ici, où tout respire le luxe et le confort; ici, c'est l'atmosphère de la richesse... vous avez le choix, prononcez.

— Je choisis le dernier, si vous le permettez, dit le jeune garçon.

— Je vous crois... mais attendez !... vous ne m'aimez pas... vous avez supposé qu'avec l'amitié de Blanche Varnois vous pourriez me vexer et me désobéir; il est vrai que Blanche a de l'or, et qu'elle vous fait des présents... elle vous flatte, et vous fait de belles promesses. A présent, je vais vous dire ouvertement quel est mon dessein à l'égard de cette fille : j'ai le projet de l'épouser, pour être maître de ce château et de ces terres. Si je réussis, vous les partagerez avec moi : en me trahissant par un mot ou un regard vous détruiriez mon plan et vous conspireriez contre notre élévation pour nous précipiter dans la misère-n'imaginez pas que vous pourriez échapper à ma chute, si je suis chassé d'ici... comme vous pouvez m'en faire chasser... vous partagerez mon sort, et souvenez-vous bien qu'alors vous serez abandonné à toute ma vengeance !... vous cesseriez d'être mon fils... vous seriez mon ennemi... Alain, vous me comprenez ?

Alain, tout hardi qu'il était, frissonna; mais après un moment de silence il répondit :

— Mon père, vous avez lu dans mon cœur; j'avais reçu l'ordre de Blanche (car elle m'avait ensorcelé) de vous espionner... quand vous êtes avec le baron... je ne savais pas quel était votre but; mais à présent que vous m'avez fait part de vos vues je serai franc avec vous... sans que vous ayez besoin de me faire des menaces.

Le père regarda fixément son fils et lui dit :

— Souvenez-vous, du moins, que votre avenir dépend de votre franchise : Ceci n'est point une pensée d'espérance. Maintenant dormez, ou réfléchissez.

Il ferma le rideau qu'il avait ouvert et sortit de la chambre sans faire de bruit comme il y était entré.

Alain ne put se rendormir; la perfidie, la cupidité et l'ambition corruptrice se heurtaient dans sa jeune tête.

Danglars rentra dans sa chambre; les murs de cette chambre étaient garnis de livres... Le précepteur de Blanche s'approcha de la fenêtre, et regarda. Tout était calme, le vent même n'agitait point les feuilles des arbres...

A quoi pensait cet homme ? ce n'était point à la vue paisible qui s'étendait devant lui... non... c'est le passé souillé de crimes qui s'offre à sa mémoire, comme un orage sombre et terrible... Lui pourtant était sans remords... rien ne touchait cette âme de fer... au contraire, il ne se trouvait pas assez avancé dans la carrière du crime... le bien et le mal n'étaient à ses yeux que des esclaves auxquels son esprit devait commander.

— Eh quoi, pensait-il, en se retirant de la fenêtre, faudra-t-il que j'échoue ? ma fortune ici est presque assurée; son esprit a été formé par moi... la nature l'a fait pour être cultivé par mes mains... ici tout m'a souri... Et voilà qu'un rival imprévu se présente... un rival d'un genre que je lui appris à mépriser... un amoureux de comédie... un amant ridicule... qui n'a rien pour lui, si ce n'est la jeunesse et une jolie tournure...

— En monologuant ainsi, Danglars prit une petite boîte qui était sur la table.

— Cependant dans cette boîte, murmura-t-il, je tiens les clefs de la vie et la mort !... Insensé, tout cela ne me donnera pas son cœur... il faut seulement toucher une corde dans l'affection de cette étrange jeune fille, et tout le reste est à moi... oui, tout, terres, château, rang, puissance, tout le reste est sous le couvercle de cette boîte !

IV

Alain Rocquemont aimait quelqu'un sur la terre, c'était uniquement Blanche Varnois ; elle lui donnait, car elle était généreuse avec lui, de quoi satisfaire à tous ses caprices d'enfant; elle faisait l'éloge de ses dessins, car Rocquemont était vraiment extraordinaire : il n'avait point de maître, et pourtant il copiait et dessinait d'après nature parfaitement bien : Blanche avait prédit qu'il serait un jour un très grand artiste.

Alain, jusqu'ici, avait payé les bontés de la jeune fille par un entier dévouement; mais connaissant maintenant les projets de son père, voyant devant lui la perspective de rester au château de Saint-Maignelay, ou bien d'être rendu à la pauvreté; effrayé par la seule pensée de se retrouver seul avec son père, il entra entièrement dans ses vues, sans scrupules, ni remords; il aurait même armé le bras de son père contre sa bienfaitrice.

Déjà le jeune Rocquemont s'était mis à espionner les démarches et les actions de Blanche. Il rapporta à son père qu'elle avait été deux fois au fond du parc, mais qu'il n'avait pas osé aller assez près pour découvrir l'endroit où elle s'était arrêtée.

Danglars lui ordonna de continuer son espionnage.

Avant que Rocquemont fît d'autres découvertes, il survint un événement qui excita des émotions bien différentes parmi ceux qui y étaient intéressés.

Le vieux baron de Saint-Maignelay avait eu dans l'année qui venait de s'écouler deux attaques d'apoplexie provenant d'un régime peu modéré, de son peu d'exercice et de ses habitudes.

Or, un soir, il arriva que le docteur du vieux baron, après avoir dîné avec lui, fut appelé pour aller voir un enfant malade dans le voisinage; et là, le docteur passa la nuit. A l'aube, il fut réveillé;

— *Et si je l'aimais ?... dit Blanche* (page 3).

on venait le chercher en toute hâte, pour se rendre au château. Quand il arriva, il trouva pour la troisième fois le vieux châtelain ne pouvant plus parler. Blanche n'avait pas été informée de cette troisième attaque, parce que le baron de Saint-Maignelay avait dit souvent à son domestique (qui depuis longtemps couchait dans sa chambre), de ne point avertir sa nièce, Mlle Blanche Varnois, s'il se trouvait malade.

Le docteur allait lui administrer son remède ordinaire ; mais au moment où il tirait sa lancette, Danglars mit sa main entre le praticien et le bras du vieux baron.

— Ce n'est pas le cas, dit-il ; cette saignée donnerait la mort.

— Vous n'y pensez pas, monsieur ! dit le médecin dédaigneusement.

— Eh bien ! saignez-le ! mais prenez-en toute la responsabilité. J'ai étudié la médecine. Je connais ces symptômes ; dans ce cas, l'apoplexie peut encore épargner le malade... mais la lancette le tue.

Le docteur se déconcerta tout découvert, et incertain de ce qu'il ferait.

— Que voulez-vous donc faire ?

— Attendre quelques minutes, l'effet de ce calmant que j'ai appliqué, s'ils manquent leur effet...

— Quoi alors ?...

— Un bain froid et de vigoureuses frictions.

— Monsieur, je ne me permettrai jamais cela.

— En ce cas, assassinez votre malade à votre manière.

Pendant ce dialogue, le vieux baron était étendu sans connaissance, les yeux ouverts, les dents serrées. Le docteur se rapprocha, regarda sa lancette et dit :

— Pouvez-vous garantir le succès de votre traitement ?

— Oui.

— Souvenez-vous que je m'en lave les mains ; je prends monsieur Jean pour témoin.

Et il regarda le domestique.

— Appelez les domestiques, et soulevez votre maître, dit Danglars ; le docteur regardant tout autour de la chambre vit qu'un bain était préparé, ce bain n'avait que sept à huit pouces d'eau. Indécis, irrésolu, il ne mit aucun obstacle à ce que Danglars ordonnait.

Le corps, qui paraissait privé de vie, fut mis dans ce bain, et les domestiques, sous la direction de Danglars, firent de vigoureuses frictions. Plusieurs minutes se passèrent sans qu'aucun signe favorable se manifestât. À la fin, le vieux baron de Saint-Maignelay poussa un profond soupir, et ses yeux firent quelques mouvements. Une minute ou deux après, ses dents claquèrent de froid ; puis, le sang remis en mouvement, apparut sur la surface de la peau : la vie prête à s'éteindre était revenue. Le danger était passé ; le terrible ennemi était vaincu. De Saint-Maignelay parla distinctement, quelque peu d'une manière incohérente ; on le remit dans son lit bien chaud, on éloigna les lumières, et Danglars et le docteur s'assirent en silence à côté du lit.

— Richissime baron, pensait Danglars, ton heure n'est pas encore venue, tes richesses ne passeront pas à Jacques Lavilletertre.

La convalescence du vieux châtelain, grâce aux soins et aux avis de Danglars, fut aussi rapide que complète. Le lendemain matin, quand Blanche apprit que son oncle avait eu une nouvelle attaque, elle sentit une terrible et fébrile agitation.

Le vieux baron Raoul de Saint-Maignelay, informé par son domestique Jean de la lutte de Danglars avec son docteur, éprouva une reconnaissance profonde et un respectueux étonnement du moyen très simple auquel il devait la vie ; et il écouta avec docilité le conseil que son secrétaire lui donna de changer ses habitudes, s'il voulait vivre longtemps. Convaincu enfin, que le vin et la bonne chère lui étaient contraires, le vieux baron consentit avec assez de grâce à se soumettre à un régime sévère, et a se promener tous les jours en plein air. Danglars ne le quittait pas; son influence devint extrême.

Blanche tremblait; elle prévoyait que son pouvoir lui serait funeste, elle devint pensive et rêveuse; elle commença à méditer des projets pour le renverser.

Ce fut à cette époque que le baron de Saint-Maignelay reçut la lettre suivante de M. Fielden.

« Cher Monsieur le baron,

« Vous vous rappelez que je vous ai fait part de mon arrivée à
« Bordeaux avec ma chère pupille : je vous ai marqué aussi que
« Suzanne avait écrit deux fois à sa sœur, pour la prier d'obtenir la
« permission de venir la voir; Mlle Blanche Varnois a répondu
« comme on pouvait l'attendre d'une proche parente; mais comme
« sa sœur, elle a peut-être peur de vous offenser.

« Je ne peux pas être assez reconnaissant envers la Providence,
« qui m'a donné la meilleure des femmes, et des enfants soumis,
« trésors que j'ose appeler les richesses du cœur. A présent, je vous
« prie, cher monsieur le baron, de permettre à Mlle Blanche de ve-
« nir voir sa sœur. Comptant sur votre consentement, j'ai déjà pré-
« paré un appartement pour elle. Je ne peux finir cette lettre, sans
« vous remercier de tout mon cœur, de votre grande bonté pour le
« jeune Pierre Noroy; il est plein d'ardeur et de courage !... le Ciel
« aura soin de lui.

« J'ai l'honneur d'être votre très humble et très soumis serviteur.

« MATHEW FIELDEN. »

Le baron de Saint-Maignelay donna cette lettre à lire à sa nièce, et lui dit avec bonté :

— Pourquoi n'êtes-vous pas allée voir votre sœur ? je n'en aurais pas été fâché. Allez-y, mon enfant, aussitôt que vous le voudrez : demain, c'est dimanche, on ne voyage pas; mais lundi, mon automobile sera à votre disposition.

Blanche hésita un moment; laisser Danglars maître de la situation, n'était pas prudent. Cette pensée l'alarmait; cependant ce n'était que pour peu de jours, quel mal pourrait-il faire dans cet intervalle ?

Elle verrait peut-être Jacques Lavilletertre après plus de six semaines d'absence; que de choses elle avait à lui dire !... Blanche s'imaginait que sa dernière lettre était plus froide et plus courte... elle désirait entendre de sa bouche qu'il l'aimait toujours ! Ce désir l'emporta sur toute autre considération; elle remercia son oncle, et le voyage fut décidé.

Lucien Danglars dit à son fils :

— Soyez vigilant lundi, et espionnez Blanche avant son départ.

Lundi arriva... le baron avait ordonné à son watman que l'auto fût prête et devant la porte à dix heures.

Blanche sortit de sa chambre un peu avant huit heures, et prit le chemin du chêne de Guy.

Alain courut, et monta sur un arbre au fond du parc, près de l'endroit où jusqu'ici il avait perdu de vue Blanche; elle entra dans un fourré; quand elle fut à quelque distance, le petit espion descendit de l'arbre, et la suivit avec précaution se cachant derrière les arbres, toujours abrité, toujours au guet... il la vit s'arrêter et regarder autour d'elle... Blanche descendit dans un enfoncement, Alain s'approcha du bord, et regarda en bas; il l'avait perdue de vue.

Enfin, à sa surprise, il vit un morceau de sa robe sortir du creux d'un chêne... Elle baissa la tête pour ressortir par cette ouverture, le petit espion eut le temps de s'enfoncer dans les taillis.

Blanche reprit promptement le même chemin par où elle était venue, et rentra au château. Alain descendit à son tour dans l'enfoncement. Le chêne de Guy, grand et majestueux, avait beaucoup de branches vertes à son pied, et les branches élevées étaient jaunies et mortes, ce qui attestait que ses jours étaient comptés. Quoique dans une profondeur, la cime se voyait encore au-dessus des autres arbres... Une sombre ouverture donnait entrée jusqu'au cœur du chêne. Alain se glissa dedans, et regarda autour de lui... il ne vit rien... cependant il devait y avoir quelque chose... Les rayons matinals du soleil ne pénétraient pas dans le trou; il y faisait aussi sombre que dans une caverne; Alain tâta doucement dans chaque fente ou crevasse; mais ne trouvant rien il allait sortir, quand tout à coup il entendit un sifflement; il regarda derrière lui et vit dans l'obscurité deux yeux de feu fixés sur lui. Il avait dérangé un serpent de son lit... Il se retira à temps, comme le reptile s'élançait. Alain, naturellement, oublia l'objet de ses recherches. Ses pensées étaient toutes pour le serpent qu'il avait provoqué. Il franchit les palissades qui entouraient le parc, fut dans un fourré et y coupa une grosse branche pour aller combattre le serpent. Il revint, descendit encore dans le fond du terrain, se glissa dans l'ouverture du chêne, chercha du regard ces yeux flamboyants : le pauvre serpent avait repris sa première place, se croyant en sûreté. Ses petits peut-être n'étaient pas loin de là; sa colère était l'instinct que la nature donne aux mères. Le jeune chasseur n'écouta point la prudence et la pitié. Dans l'obscurité du creux de l'arbre, il frappa de tous côtés avec son bâton, quand tout à coup, apercevant encore les yeux du serpent, il poussa des cris de joie... il voulut le défier et le braver... Soit que le reptile eût calmé sa colère, ou que le retour imprévu du jeune Alain l'épouvantât plutôt que de l'irriter, au lieu de répondre à l'appel du combat, il se glissa en rampant vers l'ouverture du chêne, se montra au grand jour et se traîna sous l'herbe... où son sifflement le trahissait encore. Alain sortir de l'arbre, et frappa la terre de son bâton pour le provoquer. Soudain, le serpent s'arrête, lève sa tête, sa gorge s'enfle de venin... il brandit son dard, les yeux étincelants de colère... Alain Rocquemont n'eut point peur; il regarda avec l'admiration d'un peintre la robe couleur d'émeraude du reptile; s'il avait eu ses tablettes, il aurait laissé tomber son arme pour une esquisse au crayon du serpent, eût-il été aussi dangereux que la vipère de Sumatra. A peine Alain l'avait-il contemplé un moment, que le serpent s'élança, mais retomba brisé sous le coup de son ennemi. Comme il se roulait sur le gazon, Alain admira ses couleurs et la grâce de ses mouvements même dans ses douleurs ! Quand il se fut rassasié de le voir, la cruauté lui revint : il donna un coup... un deuxième... un troisième coup, et la beauté du reptile fut détruite; il roula son élégante tête dans son sang coagulé. Alain le foula aux pieds avec la joie féroce de la conquête, et puis il retourna encore une fois vers le chêne, pour y faire une dernière recherche. Elle fut couronnée de succès.

En cherchant le serpent il avait dérangé une touffe de mousse qui était dans le creux de l'arbre, soit avec ses pieds soit avec son bâton : les rayons du soleil éclairèrent alors la cavité de l'arbre et firent voir quelque chose de blanc. Aain le ramassa; c'était une lettre; il lut l'adresse, et puis la mit dans sa poche. Après cela, il courut trouver son père.

Lucien Danglars prit la lettre des mains de son fils, et lui dit d'un air d'approbation mêlé d'ironie, en lui donnant une petite tape sur la joue :

— Mon fils ! pourquoi ne serions-nous pas amis ? nous avons besoin l'un de l'autre; nous avons le même ennemi à combattre : la pauvreté.

— Non, si vous devenez le maître de ce domaine.

— Bien répondu !

Et d'un geste tranquille il congédia son fils, pour lire la lettre tout à son aise. Son pouls, qui naturellement était lent, battit avec vitesse, et ses lèvres se comprimèrent fortement. Il éprouva un violent sentiment de jalousie : comme une lumière vacillante dans un souterrain méphitique, l'amour descendu dans ce cœur hideux n'y jetait qu'une lueur sombre.

Danglars n'eut point de remords de briser le cachet, et lut les lignes suivantes :

« Cher et toujours plus cher,

« Où es-tu dans ce moment ? où sont tes pensées ? Sont-elles tou-
« tes pour moi ? Je t'écris à la pointe du jour... il me semble te voir...
« Oui, je crois te voir lire ces mots, et j'envie à ma lettre le bonheur
« d'attirer tes regards... Cher Jacques Lavilletertre, portez ce papier
« à vos lèvres... Sentez-vous le baiser que j'y ai déposé ?... Oui, je l'es-
« père ! Non, nous ne serons pas encore longtemps séparés... Oh !
« quelle joie j'éprouve quand je pense que je vais bientôt vous revoir,
« dans deux ou trois jours au plus... n'est-ce pas ? Je vais chez ma
« sœur : je vous donne ici mon adresse. Venez, venez, je brûle du
« désir de vous revoir; dites avec moi et avec confiance : Attendons,
« soyons patients. Nous n'attendrons pas longtemps; avant la fin de
« l'année je serai libre. Mon oncle a eu une nouvelle attaque plus ter-
« rible que les autres; je vois dans sa figure, dans sa démarche et
« dans toute sa personne, les ravages qu'elle lui a causés. Le seul obs-
« tacle qui s'oppose à notre bonheur va s'évanouir... Puis-je m'en cha-
« griner quand je pense qu'alors ma vie se passera avec vous, si heu-
« reuse, si riante, après que le vieillard sera dans le tombeau ?
« Et pourquoi la vieillesse, dont les passions sont détruites, reste-
« t-elle encore dans le monde pour nous attrister par sa mine froide
« et rechignée, et ses préjugés ridicules, que le temps n'a pas vaincus,
« mais augmentés ? Je sens que vos yeux si doux me disent que j'ai
« tort en écrivant ceci; mais ne me grondez pas; car sur cette terre
« je n'aime que vous. Je veux vous donner la richesse et le rang. Oh !
« combien je serai heureuse de vous venger des humiliations que l'or-
« gueil vous a fait souffrir !... Je serai à côté de vous quand vous
« monterez au faîte des honneur; car je suis ambitieuse, vous le sa-
« vez, Jacques, et je le suis encore plus depuis que je vous aime.

« Quand je vous verrai, je vous parlerai de mes craintes à l'égard
« de Lucien Danglars; il est évident qu'il a quelque projet en vue.
« Jamais il ne s'était avisé de contredire ce docteur ignorant, à pré-
« sent il tâche de l'éloigner; il veut passer pour avoir sauvé le vieil-
« lard; il le suit partout; il espère prendre un grand empire sur lui,
« et s'en servir contre moi... contre nous... Heureusement qu'à mon
« retour mon oncle aura peut-être retrouvé une force factice qui le
« trompera sur son véritable état, et qu'il aura moins besoin de son
« secrétaire, et alors... alors... que Lucien Danglars prenne garde à
« lui !... J'ai déjà un projet pour le faire chasser du château. Venez à
« Bordeaux aussitôt que possible.

« Dans votre dernière lettre vous me blâmiez de ma conduite à
« l'égard de Charles Rollot. Je vous dis encore qu'il est nécessaire
« d'amuser mon oncle jusqu'à la fin. Avant que Rollot soit sûr de sa
« bonne fortune, il y aura des pleurs au château. Je pleurerai aussi,
« mais ce sera de joie, autant que de chagrin; car aussitôt je pourrai
« dire en te serrant la main : Enfin, elle est à moi, et pour toujours !

« Adieu !... mais non, je ne veux pas te dire adieu... mais au revoir,
« mon bien-aimé !

« Ta Blanche. »

Une heure après que Mlle Varnois fut partie, Danglars recacheta la lettre et ordonna à son fils d'aller la remettre dans le creux de l'arbre, mais assez en vue, pour être saisie par la première personne qui entrerait dans sa cavité; il fit part en même temps à Allain du plan qu'il avait conçu pour la faire découvrir, plan qui devait empêcher Blanche de soupçonner jamais sa perfidie et celle de son fils; après cet entretien il rejoignit le vieux baron de Saint-Maignelay.

Jusqu'ici Danglars avait redouté de révéler au châtelain l'intimité secrète de Blanche et de Jacques, parce qu'il craignait que cette révélation ne fît perdre à Mlle Varnois l'héritage qui tentait son avarice.

et son ambition; mais à présent que la jalousie était entrée dans son cœur, il changea d'idée. Il voulut accabler, écraser Blanche, la perdre aux yeux du vieux baron de Saint-Maignelay, la faire chasser de sa maison, tout en affectant d'intercéder pour elle, ce qui pourrait empêcher au moins son union précipitée avec Lavilletertre, et puis devenir un allié indispensable... Alors... un sourire ironique effleura ses lèvres; ensuite il aperçut pour lui un brillant avenir... Si Blanche était bannie, elle serait en même temps déshéritée... le testament serait changé, le baron croirait Danglars absolument nécessaire à son existence ! Allons, se disait-il, au moins si je n'ai pas tout l'héritage, j'aurai toujours un legs magnifique !

Dans l'après-midi, quelques personnes du voisinage, invitées par le baron de Saint-Maignelay, vinrent au château.

Danglars, sous prétexte de santé, pria le vieux châtelain de se reposer tranquillement jusqu'à l'arrivée de la société, et alors il lui dit tout naturellement :

— Ce sera une très bonne distraction d'accompagner vos amis dans le parc; vous pouvez y aller dans votre fauteuil roulant; chemin faisant vous causerez avec de vieilles connaissances; l'intérieur du parc est délicieux; il est si bien exposé au soleil qu'il fait toujours chaud dans cet endroit.

Le vieux baron y consentit gaiement. Les hôtes arrivèrent; on visita le château, on admira les tableaux, les salons et le grand escalier; puis sur l'invitation de Saint-Maignelay, on alla se promener dans le parc.

Le pauvre baron était plus gai et mieux disposé qu'à l'ordinaire. Les jeunes gens s'empressaient autour de son fauteuil, tiré par son valet de chambre, riant de ses plaisanteries et enchantés de son ton parfait, et de son amabilité. Un peu plus loin, marchait Alain Rocquemont, honorant d'une attention toute particulière la plus jolie et la plus rieuse des jeunes personnes de la société, et que Saint-Maignelay aimait beaucoup, peut-être pour ces mêmes raisons.

— Quel vieillard aimable ! dit la jeune fille; comme j'envie à Mlle Varnois un tel oncle !...

— Certes, et cependant vous êtes un peu en défaveur aujourd'hui, dit Alain en riant; comment ! vous étiez à côté du baron de Saint-Maignelay et vous ne lui avez pas demandé, sachant que nous allions faire un tour dans le parc, de vous raconter l'histoire de Guy de Saint-Maignelay !

— Mon Dieu ! que je suis fâchée ! je ne voudrais pas faire de peine au baron de Saint-Maignelay pour tout au monde !

— Eh bien ! il vous est facile de réparer cela; allez et dites-lui qu'il devrait bien vous faire voir le chêne de Guy, dans le fond du parc; que vous en avez beaucoup entendu parler.

— Eh ! certainement je vais le dire, monsieur Rocquemont; et la jeune fille courut auprès du vieux châtelain. Alain avait donné la même idée à tout le monde, si bien que ce fut une exclamation générale, lorsque la jeune fille parla du fameux chêne. Ah ! oui, allons voir le chêne de Guy de Saint-Maignelay.

Le baron charmé de l'enthousiasme que la mémoire de son ancêtre produisait, prit le chemin qui conduisait au vieil arbre, et, s'arrêtant au bord du ravin.

— Je crains bien, dit-il, de ne pouvoir faire les honneurs, car la pente est trop escarpée pour que mon fauteuil puisse descendre en sûreté.

Alain dit quelques mots à l'oreille de la jeune fille.

— A présent, mon cher baron, cria-t-elle, je suis certaine que nous pourrons faire descendre le fauteuil sans secousse et sans accident. Voyez comme la pente est douce ! Marthe, Léonie, mes chères amies, chargeons-nous du baron de Saint-Maignelay; allons, courage.

Le galant vieillard aurait marché à l'assaut ainsi guidé. Il baisa les jolies mains qui étaient posées d'une manière si tentante sur son fauteuil, et se levant avec difficulté il dit :

— Non, mes belles demoiselles, vous m'avez tellement rajeuni que je crois pouvoir descendre avec vous.

Et s'appuyant sur son domestique et avec l'aide des bras étendus vers lui, pas à pas, le vieux baron, en dissimulant ses efforts, atteignit les énormes racines de l'antique chêne.

— Cette ouverture était alors beaucoup plus petite, dit-il; aussi Guy de Saint-Maignelay ne fut pas si aisément découvert qu'un homme le serait aujourd'hui. Les bandits piquèrent leurs épées à travers la fente et il reçut deux coups qui traversèrent son bras gauche; mais il ne poussa pas le moindre cri, et ils se retirèrent, ne le soupçonnant pas là.

Tandis qu'il parlait ainsi, les jeunes gens s'amusaient à tirer au sort à qui entrerait le premier dans le chêne; deux eurent le pas, et entrèrent dans l'arbre l'un après l'autre. Alain Rocquemont respirait à peine.

— Que l'heure est lente !... (page 11).

— Les aveugles ! murmurait-il, et j'ai mis la lettre où une taupe l'aurait vue !...

— Connaissez-vous ce qui arrive quand on entre dans un chêne où les fées ont été ? dit-il tout bas à la jeune fille rieuse.

— Il faut tourner trois fois autour de soi, et regarder avec grand soin, et vous verrez la figure de celui que vous aimez le plus.

— Quelle bêtise ! dit la jolie fille en rougissant, et en se glissant au milieu de tout le monde. Elle entra timidement dans le creux de l'arbre, puis elle poussa une exclamation.

Le galant Saint-Maignelay se baissa pour voir ce que c'était, et lui offrant la main pour l'aider à sortir, il fut tout étonné de voir qu'elle tenait une lettre.

— Vous ne pouvez pas vous imaginer ce que j'ai trouvé ! dit la

jeune fille. Quelle étrange boîte aux lettres ! Mais elle est adressée
à M. Jacques Lavilletertre.

— M. Jacques Lavilletertre ! répétèrent trois ou quatre voix.

Le vieux châtelain resta muet. Ses yeux avaient reconnu l'écriture
de Blanche; sa langue s'attacha à son palais; le sang bouillonna dans
ses veines, sa figure devint pourpre. Soudain Alain Rocquemont, regardant par-dessus l'épaule de la jeune fille, lui arracha la lettre en
s'écriant :

— C'est ma lettre... elle est à moi !... que c'est mal à Lavilletertre
de n'être pas venu, comme il me l'avait promis !

Le vieux baron de Saint-Maignelay regardant autour de lui parut
respirer plus librement.

— Elle est à vous, monsieur Rocquemont ? dit la jolie fille tout
étonnée. Quels secrets avez-vous donc avec M. Lavilletertre ?...

— Oh ! vous allez vous moquer de moi; mais... mais. j'ai écrit
un poème sur le chêne de Guy, et M. Lavilletertre m'avait promis de
le mettre dans un journal de Bordeaux; et comme il devait passer
près du parc, samedi dernier, nous convîmes que je le laisserais ici;
mais il a oublié sa promesse.

Le vieux baron serra convulsivement le bras d'Alain... Il n'y eut
qu'un cri général pour demander à Rocquemont de lire son poème;
mais le jeune garçon tout honteux baissa la tête, et parut plutôt prêt
à pleurer qu'à réciter des vers. Le baron de Saint-Maignelay dit alors
presque avec calme :

— Je sais que notre jeune poète est trop timide pour vous satisfaire. Alain, je me charge de vos vers. Et avec un air d'autorité il
prit la lettre et la mit dans sa poche.

Le retour au château fut moins gai que la promenade pour aller
voir le chêne de Guy. Le vieux baron faisait un grand effort pour
paraître aussi joyeux qu'avant, mais ce fut en vain. Heureusement
en approchant du château on vit que toutes les voitures et toutes
les autos étaient prêtes devant la porte, et chacun offrit ses compliments d'adieu au châtelain. Comme la dernière voiture partait, il
fit signe à Alain Rocquemont de le suivre dans sa chambre.

Quand, arrivés là, le vieux baron eût congédié son domestique,
il dit :

— Vous savez donc qui a écrit cette lettre ? Avez-vous été dans
le secret de cette correspondance ? parlez, dites la vérité, mon enfant,
vous ne serez point puni.

— Oh ! Monsieur le baron ! s'écria Alain, je ne sais rien ; seulement j'ai reconnu l'écriture de ma chère et bonne Mademoiselle
Blanche; et j'ai senti, je ne sais pourquoi, que vous, ainsi qu'elle,
ne seriez pas contents que tout le monde lût cette lettre, ce qu'on
aurait fait sans doute, si elle avait passé de main en main; car
peut-être quelqu'un aurait, comme moi, reconnu l'écriture; et voilà
pourquoi j'ai dit, au hasard, la première chose qui m'a passé par
la tête.

— Vous... vous m'avez obligé ainsi que ma nièce, dit Saint-Maignelay tout ému; puis il ajouta en s'efforçant de sourire : C'est
quelque enfantillage de Blanche; je la gronderai... ne parlez de cela
à personne.

— Oh ! non, monsieur le baron !...

— Adieu et merci, mon cher Alain !

— Ce garçon a sauvé l'honneur du nom de ma nièce... la petite
fille de ma mère !... murmura-t-il... Oh ! quel chagrin amer pour
ma vieillesse ! Il appuya sa tête dans ses mains, et les larmes inon-
dèrent son visage. Il n'avait pas le courage de lire la lettre, et pourtant il ne prévoyait pas tout le mal qu'elle allait lui faire. C'était
la première missive qui n'était pas à son adresse dont il allait briser
le cachet. Cette réflexion arrêta quelques instants le loyal vieillard;
mais son devoir le lui ordonnait comme chef de maison et tuteur de
sa nièce. Il essuya trois fois ses lunettes; et toujours elles étaient

obscurcies par les larmes : il se leva tout tremblant et alla péniblement fermer la porte, enfin s'asseyant, il lut l'abominable lettre.

.....La lettre tomba sur le plancher, et la tête du vieux baron s'affaissa sur sa poitrine; frappé d'humiliation et d'étonnement, accablé de chagrin, l'orgueil et le courage l'abandonnèrent; il était blessé au cœur.

Dans ce moment le vieux Fox, son chien de chasse, se leva, regarda son maître, et vint appuyer sa tête sur ses genoux; et Diane, jalouse se leva aussi, et s'étendant lentement, car Diane était bien vieille, elle sauta sur ses genoux, et lécha ses mains immobiles et pendantes.

Personne ne connaît bien ce que vaut le caractère et l'amitié du chien, à moins d'avoir été trompé par les hommes; alors on est sensible aux caresses sincères de son chien, à sa joie, à ses cris plaintifs; sa voix caressante pour son maître n'a jamais menti ! Le baron de Saint-Maignelay sentit qu'il n'était pas entièrement abandonné; ses deux fidèles chiens regardaient leur maître avec cette étrange affection que, dans nos moments de chagrin, les yeux du chien semblent avoir pour sympathiser avec nous.

Puis une pensée bizarre se présenta à l'esprit du châtelain...

« Quand je serai mort, y a-t-il quelqu'un à qui je puisse recommander et confier les chiens du vieillard ?

V

Le lendemain soir, le vieux baron de Saint-Maignelay était assis, seul et surpris lui-même, dans sa grande et confortable chambre de son vieil hôtel de la rue Boissy-Danglas à Paris; oui, il avait quitté son château.

En vain, Lucien Danglars lui fit des représentations et lui demanda au moins de l'accompagner. Mais non, excepté ses chiens et Jean son vieux valet de chambre, qui avait, comme eux, une tendre et sincère fidélité pour lui, le vieillard ne voulut avoir autour de lui aucune personne de son château... surtout Danglars. La lettre de Blanche lui avait donné à entendre qu'il avait quelques projets et quelques plans secrets. C'était peut-être de l'injustice et de l'ingratitude; mais il ne pouvait supporter la pensée qu'il était le centre, où aboutissaient des complots. La figure froide de son secrétaire prit à ses yeux une expression rusée, fausse et sinistre; il lui semblait aussi que ses domestiques épiaient ses pas, ses mouvements, comme pour compter combien de temps ils avaient à attendre avant de suivre son cercueil! Ainsi, rompant brusquement, il fit un signe de tête, disant que des affaires l'appelaient à Paris; il monta dans son auto qui devait le conduire à la gare pour prendre le rapide de Bordeaux à Paris... et ordonna à son wattmann d'aller très vite.

Alors, quand il se vit seul, entièrement seul, et qu'il entendit la grille se fermer derrière lui, il se frotta les mains avec la joie d'un écolier, et il se mit à rire, comme s'il retrouvait sa liberté; comme s'il avait fait quelque chose de prodigieusement adroit et habile.

Aussi quand le vieux baron se retrouva dans son ancien hôtel, dans cette chambre qu'il occupait autrefois, il devint gai, plein de vigueur et de santé : il se crut rajeuni. L'apoplexie, la trahison, la perfidie, tout fut oublié pour le moment; et quand, cette excitation passée, ces spectres hideux se présentèrent encore à son imagination, il se dit qu'il avait encore la fortune et le pouvoir; qu'il avait le droit de punir ou de récompenser.

Il en était là de ses réflexions, quand on vint lui annoncer Maître Finasson.

— Approchez un fauteuil ! s'écria le baron... L'avocat entra.

— Mon cher baron, c'est vraiment une grande surprise de vous voir qui vous amène à Paris ?

çons; Jean s'élança vers le baron, lui prit la main; elle était froide...
et retomba pesamment... Raoul de Saint-Maignelay était mort depuis
quelques heures.

Une plume était par terre, une lettre commencée sur la table, qui
était ainsi conçue :

« Blanche, ne revenez jamais dans ma maison; vous êtes libre
« comme si j'étais mort... pourtant je serai juste. Plût à Dieu que
« je l'eusse été à l'égard de votre mère !... et de votre sœur ! Mais
« je suis vieux maintenant comme vous le dites... »

En écrivant ceci sa main s'arrêta pour toujours.

Dans sa lettre à Blanche, Maître Finasson annonça cette triste nouvelle avec plus de sensibilité qu'on ne devait s'y attendre, car il aimait beaucoup le vieux baron. Il fit comprendre que la présence de
Mlle Varnois n'était pas nécessaire dans l'exécution des derniers devoirs à rendre à Raoul de Saint-Maignelay, et qu'elle pouvait s'épargner le voyage de Paris.

Néanmoins, comme c'était le désir du défunt que le testament fût
ouvert le plus tôt possible après sa mort, et qu'il contenait sans
doute des instructions pour ses funérailles, il serait bon que Mlle
Blanche Varnois et sa sœur envoyassent quelqu'un pour assister en
leur nom à la lecture du testament. Peut-être, ajouta-t-il, que M. Fielden serait assez bon pour se charger de ce triste office.

Pour rendre justice à Blanche, il faut dire que les premières émotions en recevant cette nouvelle furent celles d'un chagrin violent
mêlé de remords. Rien ne pouvait la calmer, ni les sanglots sympa-
thiques de Suzanne, ni les exhortations de M. Fielden; ses pensées
et ses espérances criminelles revenaient sans cesse à son esprit. Blanche insista d'abord pour aller à Paris voir son oncle une dernière
fois sur son lit de mort. L'auto était à la porte pour la conduire à
la gare, mais tout à coup le courage lui manqua pour aller se présenter en face du baron Raoul de Saint-Maignelay !... elle se couvrit
le visage de ses mains, se retira dans sa chambre, et M. Fielden partit seul.

Le bon pasteur, M. Charles Rollot et M° Finasson, comme étant
l'exécuteur testamentaire, étaient seuls présents quand le sceau du
testament fut brisé; à travers cette masse de mots techniques et de
répétitions, parurent en évidence les points suivants : à Charles Rollot et à ses héritiers légitimes étaient légués toutes les terres et le
château du vieux baron défunt, à la condition expresse que lui et
ses héritiers prendraient le nom de Saint-Maignelay. Si M. Rollot
n'avait point de descendant, le bien passerait d'abord avec les mêmes
conditions, aux descendants de Suzanne Parnes; puis ensuite à ceux
de Blanche Varnois... A Blanche elle-même (sans un mot de tendresse). Cent mille francs, part ordinaire que la maison de Saint-
Maignelay accordait aux filles. A Suzanne Parnes, la même somme,
mais avec l'addition de ces mots : et ma bénédiction. A Lucien Danglars, une pension de deux mille francs; à Alain Rocquemont, cin-
quante mille francs; au pasteur Mathew Fielden, soixante-quinze
mille francs; et la même somme à Pierre Noroy; à son vieux domestique Jean, une forte somme, et la charge de ses chiens Fox et
Diane avec une allocation hebdomadaire devant cesser à leur mort.
Pauvre vieillard ! il le faisait pour intéresser leur gardien à la pro-
longation de leur vie. A ses autres serviteurs, des legs convenables
et généreux, proportionnés à la durée de leurs services. Pour ses
funérailles, il désirait être enterré, sans pompe, dans le caveau de
ses ancêtres; il demandait qu'une petite miniature qui était dans
son pupitre fût placée dans son cercueil. Cette dernière demande
indiquait la conviction morale du bonheur que l'original du portrait
aurait répandu sur sa vie... si son orgueil ne l'avait pas privé de ce
bonheur. Ce portrait enseveli avec lui, montrait la grandeur du sacrifice qu'il avait fait !

Mais la Mort qui efface tous les titres et toutes les distinctions permettait au baron Raoul de Saint-Maignelay, couché dans le cercueil, de choisir sa compagne.

Quand la lecture du testament fut finie, M° Finasson produisit deux lettres : l'une, écrite par le défunt, était adressée à M. Charles Rollot ; l'autre, de la main de l'homme de loi, à Blanche Varnois : cette dernière renfermait le fragment trouvé sur la table du vieux baron, et sa propre lettre qu'elle adressait à M. Jacques Lavilletertre dans le vieux chêne de Guy : Raoul de Saint-Maignelay, sans doute, avait l'intention de la lui renvoyer avec la lettre trouvée commencée.

Celle adressée à Rollot contenait une copie de l'épître fatale de Blanche, et les lignes suivantes à Rollot lui-même :

« Mon cher Charles,

« Après beaucoup de réflexions et avec une répugnance naturelle
« à vous révéler la perfidie de ma nièce, je sens qu'il est de mon de-
« voir de vous transmettre la lettre ci-incluse copiée de ma main
« d'après l'original. Je le fais, d'abord, pour que vous ne vous
« croyiez pas lié (comme je l'aurais cru à votre place), et tenu par
« l'honneur, à épouser Mlle Varnois. Je vous apprends qu'elle n'est
« pas mon héritière et ne doit plus profaner ma maison par sa pré-
« sence.

« Cependant, Charles Rollot, j'ai fait mon devoir. J'ai pris en con-
« sidération que cette jeune personne a été élevée comme la fille de
« la maison ; et ce que les filles de ma noble maison ont reçu, je le
« lui lègue, mettant à part et écartant tout ressentiment d'orgueil
« de famille ; je montre en faisant ceci que je veux réparer ma du-
« reté envers ma pauvre sœur, en laissant à ses deux enfants la
« même somme ; si vous allez au delà de ce que j'ai fait pour Blan-
« che, vous insulterez ma mémoire, en vous opposant à ma justice ;
« mais je vous supplie, je vous adjure, je vous ordonne, de ne jamais
« recevoir dans ma maison une personne qui l'a déshonorée par la
« trahison la plus horrible. Comme gentilhomme, je vous impose
« cette condition. J'aurais souhaité que les enfants de cette Varnois
« fussent écartés à tout jamais de la succession ; mais notre arbre
« généalogique a si peu de branches !... Vous n'êtes pas encore ma-
« rié, Suzanne non plus. Et puis j'ose espérer que les enfants de cette
« Varnois n'imiteront pas leur mère. Je termine avec l'espoir qu'elle
« épousera ce Lavilletertre ; ses enfants auront un père de basse
« naissance, mais du moins de son côté, à elle, la race est noble ;
« Varnois et Saint-Maignelay sont des noms pleins d'honneur et de
« loyauté... Charles Rollot, mon cher neveu, mariez-vous, et mainte-
« nez notre maison dans toute sa gloire ; soyez bon, mais apprenez
« à être économe ; un homme embarrassé dans sa fortune ne peut
« jamais être généreux sans être injuste ; comment donner si vous
« avez des dettes ? songez à cela. Mon cher neveu, je pense que vous
« répandrez une larme en voyant mon fauteuil vide. Je vous aurais
« bien laissé le soin de mes chiens, mais vous êtes léger et oublieux,
« et puis vous allez souvent à Paris, et ils sont habitués à la campagne
« à présent. Mon vieux Jean aura une maisonnette au village, il m'a
« promis d'y rester ; allez-y de temps en temps, et voyez le pauvre
« Fox et Diane.

« Il est tard, voici mes vieux amis qui viennent pour dîner avec
« moi. Ainsi, si quelque chose m'arrivait, et que nous ne devions
« plus nous revoir, adieu, et que Dieu vous protège.

« Votre affectionné parent,

« Raoul de Saint-Maignelay. »

VI

Il s'était à peine écoulé trois mois depuis la mort du baron Raoul de Saint-Maignelay; on était alors au mois de novembre et Blanche Varnois, en apprenant la chute des espérances de sa vie, la perte de sa fortune, de son rang, et ce qu'elle aimait par-dessus tout, la puissance, fut anéantie.

Pourtant la jeune fille sortit de cet état avec un espoir... en recevant une lettre de Lavilletertre; jamais il n'avait été si tendre, si passionné; car Jacques comprenait qu'il était cause de sa ruine, et il en avait des remords. Il se persuada, il s'efforça de croire qu'il avait de l'affection pour Blanche; et probablement il serait allé à l'autel avec elle et, une fois marié, pensait-il, l'habitude, le devoir auraient allégé la chaîne qu'il se serait imposé, sans le fatal empressement que Blanche mit à le revoir et à venir à Bordeaux, où elle arriva ainsi que Suzanne avec la famille Fielden. Le mariage fut annoncé et la date fixée; chaque jour, Lavilletertre venait à la maison... Suzanne et Jacques cherchaient tous deux à s'éviter. Le jeune homme entrait rarement dans le salon où se rassemblait la famille, et quand il y venait, c'était le soir, parce qu'il savait que Suzanne avait l'habitude de se retirer dans sa chambre. S'ils se rencontraient, c'était par hasard sur l'escalier ou en ouvrant subitement une porte. Suzanne s'était bien aperçue de la tristesse de Lavilletertre; elle l'attribuait à un remords de conscience; elle en était touchée... La pauvre jeune fille ne tenait plus à la vie... Elle aimait toujours sincèrement, et malgré son chagrin, son âme était calme et résignée.

Un jour, un étranger se présenta chez Fielden. C'était Lucien Danglars; il n'avait pas vu Blanche depuis qu'elle avait quitté le château; il n'avait même pas eu de correspondance avec elle : Danglars arriva juste comme Lavilletertre venait de partir, et Blanche était encore dans le salon qu'elle s'était approprié : son front se rembrunit quand on l'annonça; la femme de chambre alluma la lampe qu'elle mit sur la table, arrangea le feu et tira les rideaux. Danglars entra; elle le reçut avec sa politesse et sa fausseté ordinaires mais sans parler du passé. L'ancien secrétaire du baron de Saint-Maignelay désirait surtout savoir si elle le soupçonnait d'avoir trempé dans la découverte de la lettre; et il put s'assurer, d'après la manière de le recevoir, que son esprit n'avait aucune pensée de ce genre. Il crut convenable d'imiter sa réserve. Il prit avec elle un ton plus respectueux qu'autrefois et néanmoins affectueux et familier pour se remettre sur son ancien pied; il y réussit.

Tout à coup, après un moment de silence, Blanche dit brusquement :

— Comment le baron Raoul de Saint-Maignelay a-t-il surpris ma correspondance avec M. Lavilletertre ?

— Est-il possible que vous l'ignoriez ?... Comment ! vous ne le savez pas ?... Et Danglars lui raconta l'événement de manière qu'il était impossible de reconnaître la main qui avait tout découvert. Ce récit mit en défaut la défiance de Blanche : elle ne vit rien qui le rendît coupable à ses yeux; et quand il raconta le petit subterfuge d'Alain, faisant passer la lettre pour être la sienne, elle se sentit une sorte de reconnaissance pour lui; elle loua sa conduite et son attachement pour elle. Elle repoussa alors tous les doutes que le legs laissé à Alain lui avait suggérés.

— C'est pourtant bien extraordinaire, dit Blanche, après un instant de réflexion, que cette jeune personne ait trouvé ma lettre qui était si bien cachée sous des feuilles mortes et sous la mousse !

— Mais, répondit Danglars, vous voyez bien que deux ou trois personnes étaient déjà entrées dans l'arbre avant elle et que leurs pieds ont dû nécessairement déranger les feuilles.

— C'est possible.

— Et M. Lavilletertre ? l'aimez-vous encore, lui qui vous a fait tant de mal ?

— Dans trois mois je serai sa femme.

Danglars soupira profondément, mais ne fit aucune réflexion. Puis lui prenant la main avec un respect mêlé d'affection, il dit : Eh bien, je ne m'oppose plus à votre inclination; car, à présent, vous ne craignez plus de déplaire à votre oncle. Vous êtes libre de votre sort et de votre fortune, et pour peu que M. Jacques Lavilletertre ait des talents, cette fortune vous suffira. Etes-vous enfin convaincue que j'ai surmonté ma folie, et que j'étais bien désintéressé quand j'ai encouru votre disgrâce ? Si cela est, rendez-moi votre amitié; je peux vous être utile par ma longue expérience et ma connaissance des hommes, quoique je ne sois qu'un pauvre déclassé.

Blanche le crut, et elle se sentit une profonde admiration pour un homme aussi éminent et aussi accompli.

Lucien Danglars se lia avec la famille Fielden; il jouait avec les enfants, et parvint à plaire au bon pasteur, qui ne voyait dans Danglars qu'un ancien ami du baron de Saint-Maignelay, le précepteur de Blanche, qui lui était tout dévoué, et qui avait de l'influence sur elle. Fielden crut qu'il était l'unique personne à laquelle il put confier un secret.

Un jour que Danglars remarqua la pâleur de Suzanne, le brave pasteur le prit à part, et lui dit que Jacques et Suzanne s'aimaient toujours, mais sans espoir cette fois.

— A présent, conclut Fielden, espérant avoir trouvé quelqu'un qui put lui donner un bon conseil, ne pensez-vous pas que je... ou plutôt vous... comme ancien ami, devriez parler très franchement à Mlle Varnois ?

— Non pas, dit Danglars vivement; si nous lui parlions, elle ne nous croirait pas; elle en appellerait à M. Lavilletertre, et certainement il ne pourrait faire autrement que de nous démentir. Une fois averti, lui aussi cacherait sa tristesse. Blanche, offensée, pourrait bien quitter votre maison, et certainement elle croirait que sa sœur a influencé votre révélation, ce qui serait indigne de Mlle Suzanne Parnes. Mais ne craignez rien; si le mal est tel, il apportera son remède inévitablement; il faut que Blanche découvre tout elle-même. Soyez discret, mon cher monsieur Fielden; je vous remercie de votre confidence; je veillerai sur ma jeune élève; il ne faut pas qu'elle soit sacrifiée à un homme dont l'affection n'est pas pour elle.

Lucien Danglars partit tout joyeux ; sa contenance était toute changée; il paraissait de dix ans plus jeune.

Le lendemain, en allant voir Blanche, il changea tout à fait de manières : la gaieté fit place à la mélancolie; il ne lui parlait plus d'avenir; il la regardait tristement en soupirant; elle aurait peut-être attribué ce changement à un retour de son ancienne passion, si elle ne l'avait pas entendu s'écrier une fois, avec un air de compassion : Pauvre enfant !... Une vague inquiétude s'empara d'elle; elle avait entendu M. Fielden faire quelques remarques (car il n'était pas aussi discret que Danglars le lui avait recommandé).

Un ou deux jours après elle demanda à Lavilletertre, d'un air indifférent, pourquoi il ne lui avait jamais dit au château de Saint-Maignelay qu'il connaissait M. Fielden.

— Vous m'avez déjà demandé cela, répondit-il sèchement.

— Je l'ai demandé ?... je l'avais oublié !... mais à quelle occasion? Dites-le-moi encore, puisque je ne m'en souviens pas.

— Je ne me le rappelle pas, répondit Jacques tout confus. Nous ne parlions que du pauvre baron de Saint-Maignelay... de nos espérances et de nos craintes.

C'était vrai, c'était l'excuse d'un amant; lorsqu'on aime, tout le passé est oublié.

— Mais, dit Blanche en jetant sur lui un coup d'œil scrutateur, vous devez avoir vu ma sœur bien souvent.

— Oui, répliqua Lavilletertre fort embarrassé de cette demande, vous étiez si peu liée avec votre sœur, que je craignais de vous faire de la peine en vous en parlant, murmura-t-il... Il ne faut jamais se mêler des affaires de famille.

Blanche parut satisfaite.

— Je sais, se disait-elle souvent, qu'il n'aime pas comme moi... mais un homme ne peut jamais aimer autant qu'une femme ! Je

— *Elle est à vous, monsieur Rocquemont ?* (page 20).

sais que je suis méfiante, soupçonneuse... je ne devrais pas me méfier de Jacques... je pourrais l'irriter... et puis c'est trop cruel d'être jalouse !

Cependant, malgré cette résolution, elle commença à examiner la contenance, les mouvements et la conduite de sa sœur; elle fut plus souvent avec elle. Suzanne méprisée, négligée, était devenue son plus même que son égale, car les enfants de Suzanne devaient avoir le pas sur les siens dans l'héritage du baron Raoul de Saint-Maignelay !... Elle se mit à parler à sa sœur de Jacques Lavilletertre, de son amour, de son avenir; et en parlant de tout cela elle lut clairement sur la figure de Suzanne l'effet que produisait une telle conversation; Blanche découvrit ce secret au premier coup d'œil. Sa sœur aimait Lavilletertre; mais son amour était-il partagé ? C'était peut-être ce qui rendait Jacques si réservé ? Il avait sans doute vu ou entrevu une conquête facile et qu'il n'avait pas cherchée; et lui, en homme d'honneur et par délicatesse, avait évité même de parler de Suzanne à Blanche.

Suzanne, après la conversation qu'elle avait eue avec sa sœur, annonça tout à coup qu'elle venait de recevoir une lettre de ses parents, du côté de son père, qui l'engageaient à venir passer quelque temps avec eux à leur villa d'Argelès; elle ajouta qu'elle partirait à la fin de la semaine. Blanche devina de suite la cause de ce voyage; car la pauvre Suzanne frissonnait d'émotion quand sa sœur prononçait le nom de Lavilletertre.

Danglars, un soir, reconduisit Lavilletertre jusque chez lui, et après avoir parlé de choses indifférentes, il lui demanda s'il ne s'apercevait pas du changement opéré dans la santé de Suzanne; n'ayant pas l'air de remarquer l'émotion que cette question lui causait, il continua :

— Il est évident que quelque chose occupe son esprit, j'ai cru souvent m'apercevoir qu'elle avait pleuré. Pauvre fille !... elle a sans doute quelque sot amour en tête... Nous ne la verrons pas à votre mariage, elle part dans un ou deux jours; le changement d'air lui rendra peut-être la santé : elle est dans un âge où les maladies comme la sienne sont rapides et meurtrières. Allons, au revoir.

Frappé de terreur par ces mots cruels, Lavilletertre ne fut pas plutôt rentré chez lui qu'il écrivit une lettre à Fielden pour le supplier de venir le voir.

Le brave pasteur se rendit à sa demande, et il trouva Jacques dans un état voisin de la démence. Il n'avait qu'une seule pensée, un seul désir, c'était de voir Suzanne encore une fois, de lui parler avant son départ... Peut-être allait-elle disparaître, emportant l'idée qu'il ne l'aimait plus... c'était pour lui un remords trop lourd... Il crut qu'après une telle entrevue, tous deux auraient plus de courage... pour suivre le chemin de l'honneur.

Jacques exprima ce désir de la revoir avec tant d'éloquence, et avec l'expression d'un chagrin si violent, que le bon pasteur en était ému. Mais il refusa longtemps : sa conscience était engagée. Permettre une entrevue clandestine, tandis qu'il était fiancé à Blanche, c'était une action qui ne pouvait s'accorder avec le caractère du pasteur.

— Que craignez-vous ? s'écria le jeune homme presque hors de lui; tout ce que je demande, c'est de revoir Suzanne... de mettre sous ses yeux la cruelle position où l'honneur m'engage. Nous nous jurerons l'un à l'autre de ne plus nous aimer, de vaincre l'amour... Je vous prie pour moi et pour Suzanne... C'est la meilleure consolation que vous puissiez nous accorder... Suzanne est souffrante; n'avez-vous pas des craintes pour sa vie ? Ah ! si vous l'aimez, écoutez-moi !

Des larmes s'échappèrent des yeux du bon Fielden : ses scrupules se dissipèrent; pourtant il ne céda pas encore; mais il promit de réfléchir et d'écrire le jour même à Lavilletertre ce qu'il aurait décidé. Le jeune homme le laissa partir, et Fielden se hâta d'aller demander conseil au perfide Danglars, qui fit taire toute objection de la part du pasteur; il ne restait plus qu'à obtenir le consentement de Suzanne pour cette entrevue; pour bien arranger les choses, on convint que M. Fielden sortirait avec ses enfants. Danglars se chargeait de Blanche pour l'empêcher de se trouver à l'heure fixée pour le rendez-vous; Mme Fielden seule resterait à la maison, et pourrait, si on le jugeait convenable, être présente à l'entrevue, qui fut fixée pour le lendemain matin dans le salon du pasteur. Il ne manquait plus que le consentement de Suzanne et, pour l'obtenir, M. Fielden monta dans sa chambre, il frappa deux fois... mais la douce voix de Suzanne ne répondit pas; alors il ouvrit doucement la porte et vit la jeune fille qui priait Dieu au pied de son lit, la figure cachée dans ses mains; il entendit quelques paroles, entrecoupées de sanglots; puis peu à peu elle se calma. Sa prière venait de soulager son âme, et quand elle se releva, quoique les larmes coulassent encore sur ses joues, sa figure était calme.

Le pasteur s'approcha d'elle et lui prit la main : elle rougit et baissa les yeux. — Mon enfant, lui dit-il d'un ton solennel, Dieu vous a écoutée ! Et puis il la conduisit vers un siège et s'assit auprès d'elle, ne sachant encore comment il allait commencer. Enfin il dit : — M. Jacques Lavilletertre m'a fait une demande... une prière qui vous concerne, et je viens vous la transmettre; il demande que vous lui accordiez une entrevue avant votre départ... demain si vous le voulez. D'abord j'ai refusé, je doute même encore si cela est bien convenable; car, ma chère Suzanne, j'ai toujours pensé que lorsque les sentiments nous font agir, notre devoir est moins présent à notre conscience. Cette entrevue vous donnera-t-elle, comme le dit Lavilletertre, quelque consolation, et surtout du courage avant que votre sœur soit.... Je veux dire... cela vous ferait-il plaisir d'avoir un entretien sincère avec lui ? Il implore cela de vous; que dois-je lui répondre ?...

— Encore cette épreuve ! se dit Suzanne en elle-même. Sa main, qui serrait celle de Fielden, devint glacée; puis, tournant les yeux vers son tuteur, elle s'écria :

— Mais pourquoi ? à quelle fin ? pourquoi veut-il me voir ?

— Pour ranimer son courage, et acquérir la force de faire son devoir, pour être moins malheureux... et...

— Je le verrai, interrompit Suzanne d'une voix ferme. Il a raison; cela nous donnera de la force à tous deux. Je le verrai !...

— Mais la nature est faible, mon enfant; si vous...

— Ne craignez rien, dit Suzanne (un sourire effleura ses lèvres), et elle répéta : je le verrai !...

Le bon Fielden la regarda, passa son bras autour de sa taille amaigrie, et levant les yeux au ciel, ses lèvres prononcèrent quelques paroles, comme celles d'un père bénissant son enfant.

VII

Danglars proposa à Blanche de sortir; comme son mariage approchait, il était nécessaire de voir M⁰ Finasson, qui était l'exécuteur testamentaire de son oncle, relativement à ce que le baron de Saint-Maignelay lui avait laissé.

Le matin avant midi elle envoya louer une automobile pour faire cette visite ; quand elle fut partie, M. Fielden emmena ses enfants et passa chez Jacques Lavilletertre, comme c'était convenu. Dans l'auto, Danglars regarda Blanche avec un air de compassion. Jusqu'ici, il avait ménagé avec adresse toute explication avec son élève; il savait qu'elle ne se méfierait pas de lui, le complot était mûr, et il était temps d'arriver au dénouement. Son regard était si expressif que Blanche en fut effrayée, et s'écria : Qu'est-il arrivé ? vous avez quelque chose de terrible à me communiquer...

— Oui, ce que j'ai à vous dire fera peut-être que vous me haïrez pour toujours : car nous détestons ceux qui nous parlent de nos malheurs. Mais je supporterai tout; j'ai lutté trop longtemps contre l'indignation et la compassion. Soyez très courageuse et écoutez-moi... Jacques Lavilletertre aime votre sœur !...

Blanche poussa un cri qui ne ressemblait pas à la voix humaine.

— Non, non ! ne me dites pas cela. Vous mentez... je ne vous crois pas.

Danglars, d'une voix douce et affectueuse, continua : — Je ne vous demande pas de me croire, Blanche ; je ne vous dirais rien, si vous n'aviez pas l'occasion de vous convaincre par vous-même de cette cruelle vérité. Il n'est pas jusqu'à cette famille chez laquelle vous vivez, qui ne vous trahisse ; dans ce moment, ils ont tout arrangé pour que Lavilletertre en votre absence aille voir votre sœur ; dans quelques instants il sera auprès d'elle ; si vous voulez savoir ce qui se passe entre eux, vous le pouvez.

— Je n'ai pas... le courage ; allons plus vite ! cria-t-elle au watman... plus vite...

Danglars fut tout désappointé de cette étrange lâcheté. Il y avait dans Blanche quelque chose de si touchant et de si terrible en même temps, que c'était presque sublime : c'était la lutte d'un malheureux qui se noie, et qui cherche à se rattraper à quelque branche.

— Vous avez peut-être raison, murmura Danglars après une pause. Il ne lui fit aucun reproche et il la laissa livrée à ses propres pensées.

Soudain Blanche ordonna au watman d'arrêter. — Je ne peux endurer plus longtemps cette incertitude ! s'écria-t-elle : je veux tout savoir...

Danglars dit au watman d'attendre, ils descendirent de l'auto et retournèrent à pied à la maison.

— Oui, il peut la voir ! dit Blanche rouge de colère... je vois votre stratagème... et je le méprise. Je sais que Suzanne aime Jacques, elle a cherché cette entrevue... et lui si bon, si doux... et qui craint tant de faire de la peine... il a consenti par pitié... voilà tout. N'est-il pas mon fiancé ? Ah ! si Jacques est perfide, où trouver la franchise et la vérité ?

— L'intérêt que je vous porte peut m'avoir rendu injuste et imprudent, soupira Danglars d'une voix mielleuse... Peut-être ce que vous allez entendre, loin de détruire votre bonheur, peut l'affermir pour toujours. Plût à Dieu qu'il en soit ainsi !

— Et il en sera ainsi, reprit Blanche. J'interpréterai tout ce que j'entendrai à mon avantage.

Danglars fut tout interdit : il avait beaucoup compté sur la jalousie ordinaire aux femmes.

En approchant de la maison, il regardait de tout côté, dans la crainte de rencontrer Lavilletertre, il voulait arriver avant le jeune homme.

— Mais, dit Blanche avec un sourire ironique, votre grande sollicitude pour moi a sans doute tout préparé, pour me mettre à même d'écouter bassement aux portes, en vue d'assurer mon bonheur. Comment enfin pourrai-je être présente à cette entrevue ?...

— J'y ai pourvu, comme vous le dites fort bien, répondit Danglars du ton d'un homme profondément blessé. J'ai tout arrangé pour que nous entrions dans la maison sans être aperçus. Lavilletertre et votre sœur seront dans le salon. La chambre à côté est vacante, puisque M. Fielden est sorti ; il n'y a qu'une porte vitrée entre les deux pièces.

— Bien, dit Blanche, dans une heure, je saurai si vous, l'instituteur de ma jeunesse, êtes le plus sage des hommes ou seulement le plus dangereux.

— J'aimerais mieux que l'épreuve me condamnât ; car, moi aussi, j'ai besoin d'avoir confiance aux hommes.

On ne dit plus rien. On arrivait : la rue était tranquille et déserte comme d'habitude. Danglars avait pris avec lui une clef de la porte de la maison ; il l'ouvrit sans faire de bruit et ils entrèrent.

Le pardessus de Lavilletertre était dans l'antichambre. Danglars le fit remarquer à Blanche qui, sans rien répondre, monta l'escalier et entra dans la chambre désignée pour s'y cacher ; mais en entrant elle vit Mme Fielden à l'autre coin de la chambre : elle était assise, éloignée, de manière à ne rien entendre. Cette bonne et excellente femme avait cédé au désir de Jacques Lavilletertre d'être sans témoins dans son entrevue avec Suzanne. Elle n'aperçut Blanche que lorsqu'elle fut tout près d'elle; celle-ci plaça sa main brûlante sur la bouche de Mme Fielden et lui dit tout bas :

— Je vous en prie, ne me trahissez pas !... Mon bonheur, celui de Suzanne dépendent de cet instant ! Je veux écouter ce qu'on va dire, et voir ce qui se passe; c'est mon sort qui va se décider !

Mme Fielden, tout effrayée, tressaillit sur sa chaise ; et avant qu'elle eût retrouvé sa respiration, Blanche n'était plus à côté d'elle; elle était allée se poster à la porte vitrée. La jeune femme écarta un peu le rideau et vit parfaitement dans le salon.

Jacques Lavilletertre était assis à quelque distance de Suzanne, dont la figure était tournée du côté opposé à la porte. Lavilletertre était vu de face.

— En vérité, disait Suzanne, vous n'avez rien à m'expliquer; moi, je n'ai rien à vous reprocher. Ce n'est pas pour cela, croyez-le bien, que j'ai consenti à vous voir. C'est seulement parce que je craignais que vous ne fussiez malheureux (car je sais que vous êtes bon et loyal) que vous m'aviez blessée; je ne pouvais supporter cette idée, et mon orgueil aussi ne pouvait supporter cela. Soyez heureux... Aimez Blanche, donnez-vous à elle, comme elle se donne à vous de tout cœur; et dans votre bonheur, moi, je trouverai le mien.

Puis avec un sourire touchant et ingénu, elle tendit la main à Jacques; celui-ci s'élança vers elle et malgré sa résistance il prit sa main et la porta à ses lèvres.

— Écoutez-moi, Suzanne, et apprenez comment je me suis trouvé lié avec votre sœur... hélas ! si différente de vous pour moi... son cœur orgueilleux a perdu tout ce qu'il estimait, la fortune et le rang... J'ai fait tous mes efforts pour payer de retour sa tendresse... Si je ne peux y réussir, au moins ma reconnaissance est à elle. Et quand je vous quitterai, consolé par votre pardon, j'aurai la force d'arracher votre image et votre souvenir de mon cœur... Hélas ! c'est mon devoir... tel est mon sort... et d'un pas ferme j'irai à l'autel accomplir un mariage que je déteste... Ne frissonnez pas... de grâce, ne vous détournez pas !... pardonnez-moi ce mot, oui, un mariage que j'abhorre ! Entre un cercueil et l'autel, que n'ai-je le pouvoir de choisir !

Au milieu de cette exaltation que Suzanne avait en vain cherché à calmer, Lavilletertre tout à coup tressaillit à la vue d'une apparition qui glaça son sang dans ses veines : il crut voir un spectre, quand la porte s'ouvrit, et que Blanche parut... Elle fixa sur lui ses yeux courroucés et effrayants.

Épouvantée par le cri et par la figure terrifiée de Jacques, Suzanne se retourna et vit sa sœur... Avec l'impulsion d'un cœur aimant et pénétré de douleur, elle courut se jeter aux genoux de Blanche, en s'écriant :

— Pardonnez à l'égarement d'un moment... ce qu'il disait n'était que pour me tromper... C'est moi, moi seule qui l'ai aimé ! C'est moi qui suis coupable... ayez pitié de... pitié de vous, de lui et de moi !

Blanche regarda sa sœur agenouillée avec des yeux étincelants comme ceux d'une furie. Elle voulut parler, mais les mots expiraient sur ses lèvres; enfin elle parvint à repousser sa sœur, s'avança vers Lavilletertre et le regarda avec un calme méprisant et cruel, jouissant de sa honte et de sa terreur.

Mme Fielden qui avait suivi tous les mouvements de Blanche, prévoyant quelque malheur, se précipita dans le salon, et dans son agitation extrême, elle poussait des cris, en tâchant d'entraîner Suzanne qui était toujours à genoux.

— Mon oncle avait raison, dit Blanche; il n'y a jamais ni honneur, ni courage dans les gens de basse naissance... il n'y a que de l'hypocrisie chez eux... tout est faussé !

— Levez-vous, monsieur, ajouta-t-elle d'un ton impérieux; n'entendez-vous pas les soupirs de votre Suzanne ? ne voyez-vous pas ses larmes ?... Craignez-vous de la consoler en ma présence ?... lâche et parjure ! Allez ! vous êtes libre.

— Daignez m'entendre, dit Jacques Lavilletertre d'une voix défaillante et tâchant de saisir la main de Blanche; je ne vous demande pas de me pardonner, mais...

— Vous pardonner ! interrompit Blanche en relevant sa tête orgueilleuse et en jetant sur Lavilletertre un regard froid et dédaigneux. Il n'y a ici qu'une personne qui ait besoin de pardon, quoique sa faute soit inexpiable : c'est la femme qui s'est abaissée !...

En prononçant ces derniers mots, Blanche s'enveloppa dans sa mante noire, ses regards tombèrent sur ses vêtements de grand deuil, et alors elle se rappela tout ce que son amant lui avait coûté; elle se tut... et s'éloigna lentement; en passant devant Suzanne qui était sans connaissance dans les bras de Mme Fielden, elle s'arrêta, et embrassa sa sœur sur le front.

— Quand elle se trouvera mieux, Madame, dit-elle à Mme Fielden (qui fut tout étonnée de tant de douceur affectueuse), dites-lui que Blanche Varnois a fait un vœu en déposant un baiser sur le front de la future épouse de Jacques Lavilletertre !

Danglars était encore assis dans le salon du rez-de-chaussée quand Blanche y entra; sa figure avait repris sa sévérité et son calme ordinaire; seulement son teint avait quelque chose de cette pâleur livide qu'on ne remarque sur la face humaine qu'un jour ou deux avant la mort. Danglars recula de peur; car il avait vu trop souvent cette teinte chez les agonisants pour ne pas la reconnaître et en être effrayé. Son émotion donna à sa voix et à ses gestes un sentiment de compassion; mais Blanche ne paraissait pas l'écouter; un peu après, sa figure s'adoucit... la glace se brisa...

— Privée de ma mère... sans amis... seule sur cette terre... seule pour toujours... perdue... perdue à jamais ! — Et en prononçant ces paroles sa tête tomba, sans le savoir, sur l'épaule de Danglars et elle fondit en larmes... Ces larmes peut-être sauvèrent sa raison et sa vie.

VIII

Un an s'est écoulé depuis que Blanche Varnois a quitté le toit de M. Fielden; jetons d'abord nos regards sur l'antique terrasse du château de Saint-Maignelay, le portique, la délicate balustrade et les grands arbres.

Quoiqu'au mois de novembre, le temps est doux et beau.

Charles Rollot, connu maintenant sous le nom de Saint-Maignelay, se promène sur cette terrasse. Est-ce son nouveau titre qui a ainsi changé sa personne ? sa figure est fraîche, et la vigueur a remplacé son air indolent. Non, il y a une autre cause : une belle compagne s'appuie sur son bras. Elle s'arrête pour le serrer de plus près, elle le regarde avec affection et lui dit :

— Nous avons bien fait d'espérer et d'être fidèles !

La fidélité du mari n'a pas été pourtant aussi inébranlable que celle de Marie. Une légère rougeur parut sur ses joues en pensant qu'il avait pu consentir au désir du baron de Saint-Maignelay pour épouser Blanche. Mais cette faute, il l'avait avouée, et Marie la lui avait pardonnée.

De la terrasse du château, revenons à l'humble demeure du brave pasteur Fielden. Ce même jour et à la même heure entrons dans son jardin. Les enfants jouent à cache-cache parmi les espaliers qui bordent les allées tortueuses et sablées.

Le pasteur est occupé à lire dans son petit salon qui communique au jardin par une porte vitrée; cette porte est ouverte, et le bon M. Fielden interrompt sa lecture pour regarder les figures vermeilles

de ses enfants. Sa femme, un panier à la main, est debout en dehors de la porte, mais un peu de côté pour ne pas obstruer la vue.

— C'est un plaisir de les voir ces chers petits !...

— Oh ! oui, ils sont très chers, dans ce moment, observa Mme Fielden, qui ne pensait qu'au contenu de son panier.

— Et qu'ils sont frais !

— Frais, je le crois bien, ils sont de ce matin !

— Comment, dit le pasteur en ouvrant de grands yeux, ils sont de ce matin !

— Nous en avons deux douzaines.

— Deux douzaines ! à quoi pensez-vous, et de quoi parlez-vous, madame Fielden ?

— Des œufs que je viens d'acheter !

— Oh ! dit le pasteur, deux douzaines ! vous m'alarmiez un peu; ma chère amie, vous êtes toujours prudente et économe, comme si le pauvre baron de Saint-Maignelay ne nous avoit pas laissé une jolie fortune

— Elle n'irait pas encore bien loin... Georges finira par nous ruiner; il a mis sa jaquette en lambeaux !

Dans ce moment, le long de l'allée sablée, deux personnes se promenaient en causant. Les enfants se mirent à courir pour aller vers eux tout en criant et en riant, puis ils se dispersèrent dans le fond du jardin.

— Tout est pour le mieux, dit le pasteur en ayant les yeux fixés sur les deux personnes qui approchaient.

— Certainement, mon ami, dit Mme Fielden, vous avez raison, et c'est mal à moi de toujours gronder; mais si vous aviez vu quels trous !... Je crains que cela ne puisse se raccommoder !

— Voyez ! dit M. Fielden d'un air bienveillant, comme nous nous sommes tourmentés pour eux; comme nous étions en colère contre Jacques Lavilletertre... et comme nous nous attristions pour Suzanne Parnes ! et à présent voyez-les... ils seront les meilleurs époux !

— Que de fois je me suis mise en colère contre Suzanne, en l'entendant s'accuser d'être cause du malheur de sa sœur, et déclarer en pleurant qu'elle croirait commettre un crime de penser à Jacques Lavilletertre, comme devant être son époux.

— J'avoue que je l'ai raisonnée sur sa trop grande délicatesse : je lui ai dit que ne pouvant rien pour le bonheur de Blanche, elle ne devait pas faire son malheur à elle et celui de Jacques; mais si Blanche ne s'était pas mariée et n'avait pas mis une barrière insurmontable au repentir de Lavilletertre, je crois que la pauvre Suzanne aurait mieux aimé mourir que de donner sa main à Jacques.

— C'est un bien étrange mariage que celui de l'orgueilleuse Blanche, dit Mme Fielden : ce Lucien Danglars, un homme beaucoup plus âgé qu'elle !

— Mais c'est un homme fort aimable, et ils se connaissaient depuis longtemps. Danglars est studieux et savant, et les hommes savants sont généralement bons dans leur intérieur, et font d'excellents maris.

Tandis que le pasteur et sa femme conversaient ainsi, Suzanne et Jacques continuaient à se promener.

— En vérité, disait Lavilletertre serrant le bras de Suzanne de plus près, ces scrupules, ces craintes sont cruels autant pour moi que pour vous-même : si vous n'existiez pas, je ne serais rien encore à votre sœur; même ne fût-elle pas mariée; vous devez connaître assez son orgueil pour être convaincue que je ne peux plus avoir de place dans son affection. Ce qui est arrivé n'est pas de votre faute; peut-être que le ciel avait dessein d'empêcher un mariage si mal assorti.

— Si seulement elle répondait à une de mes lettres ! dit Suzanne en soupirant, ou si je pouvais savoir si elle est heureuse.

— Vos lettres ne lui sont pas parvenues, vous n'êtes même pas certaine de son adresse. Il faut croire qu'elle est heureuse; pensez-vous qu'elle se serait abaissée une seconde fois (les lèvres de Jacques se contractèrent en répétant cette phrase). si son inclination n'était pas réelle ? Je n'en veux pas à votre sœur. Je n'éprouve que du remords pour ma honteuse faiblesse. Suzanne, nous sommes faits l'un pour l'autre, mais vous avez plus de douceur et de force d'esprit que moi; aussi vous serez mon guide dans le bien; sans vous je ne tiens plus à la vie, car je n'aurais pas le courage de supporter les épreuves de ce monde. Pourquoi votre main tremble-t-elle ?...

— Jacques, Jacques ! je ne peux pas réprimer un pressentiment... superstitieux : le soir je vois toujours cette figure pâle comme je l'ai vue la dernière fois... pâle, mais sans désespoir... Oh ! si je pouvais la savoir heureuse !... Si jamais Blanche avait besoin de nous... besoin de nos services... de notre affection... si nous pouvions réparer le chagrin que nous lui avons causé !...

Suzanne laissa tomber sa tête sur l'épaule de Jacques; elle avait dit :

— Besoin de nous, besoin de nos services. Par ces simples mots le traité fut signé.....

Maintenant transportons-nous à Paris dans l'appartement de Lucien Danglars.

En ce moment une femme et un jeune homme étaient assis à côté l'un de l'autre et parlaient à voix basse.

Le jeune homme était Alain Rocquemont, et la femme, Blanche Danglars.

L'appartement était meublé dans le goût moderne, mais aucun signe ne faisait connaître qu'il y avait une femme qui dirigeait la maison. Il n'y avait ni fleurs, ni instrument de musique, ni métier à broder, ni table à ouvrage; car Blanche n'avait aucune des habitudes de son sexe : tout était aligné et rangé, comme dans un appartement qu'on n'habite pas.

La jeune femme est bien changée; son air est plus assuré. son teint encore plus pâle, et le caractère méchant et dédaigneux de sa bouche est encore plus prononcé.

Alain, bien jeune encore, a pourtant l'air d'un homme. Un léger duvet ombrage ses lèvres; ses joues autrefois arrondies sont devenues maigres, comme si les peines et les soucis avaient pour lui accompagné les pas de la jeunesse.

Tous deux se parlaient pas : tous deux de temps en temps jetaient un coup d'œil craintif vers la porte; tous deux sentaient qu'ils appartenaient à un foyer autour duquel il n'y avait ni sourire, ni gaieté, ni amour, ni confiance.

— Mais. dit Alain, mon père ne doit avoir aucun secret pour vous ?

— Je ne pense pas qu'il en ait : il me parle de ses espérances d'une place auprès du préfet de police.

— Oui, il vous parle de tout cela parce que votre courage le soutient : mais les secrets de sa vie privée, et ses projets particuliers, vous devez les savoir ?

— Que me cache-t-il ? A part sa résolution de conserver l'amitié de son riche cousin M. Bertranges, duquel il a le droit d'attendre un grand héritage.

— Bertranges est riche, c'est vrai; mais il n'est pas beaucoup plus âgé que mon père.

— Il a une mauvaise santé.

— Non, dit Alain, en baissant les yeux, et avec un sourire étrange, il n'a pas une mauvaise santé; mais il a peu de temps à vivre.

— Que voulez-vous dire ? demanda Blanche parlant encore plus bas, tandis qu'elle se sentait glacée par un frisson involontaire.

— Eh bien, dit Alain, que fait mon père dans cette chambre en haut de la maison ?... Vous a-t-il dit ce secret ?

— Il fait des expériences de chimie; vous savez que c'est son étude favorite. Pourquoi riez-vous ainsi, Alain ! vous me faites pour... Pensez-vous qu'il y ait quelque mystère dans cette chambre.

— Si j'étais à votre place, je voudrais connaître tous ses secrets; je voudrais savoir ce qu'il y a dans cette chambre. Je le répète il faut, dans votre intérêt, qu'il ne vous cache rien ! mais chut ! j'entends ses pas.

Le bouton de la porte tourna sans faire de bruit et Lucien Danglars entra. Son regard tomba sur la figure de son fils qui exprimait la surprise du retour inattendu de son père; ensuite il regarda Blanche qui était, comme à son ordinaire, froide et impénétrable.

— Alain, dit Danglars, je suis venu pour vous. J'ai promis de vous conduire chez M. Bertranges pour y passer la journée; vous êtes le favori de madame; allons, Blanche, je serai bientôt de retour; je ne fais seulement que conduire Alain chez mon cousin.

Le jeune homme se leva gaiement pour suivre son père.

— Et vous pouvez emporter ce qu'il faut pour dessiner, continua Danglars; cet excellent M. Bertranges veut bien vous permettre de copier son Poussin.

— Son Poussin ! Ah ! ce tableau qui est placé dans sa chambre à coucher, est-ce ça ?

— Oui, répondit son père.

Alain jeta sur Danglars un regard pénétrant, puis tous deux sortirent.

IX

Jean Bertranges habitait un magnifique hôtel, avait un grand train de maison, et passait pour un des plus grands capitalistes de Paris. Le degré de parenté entre Danglars et Bertranges n'était pas très proche : ils n'étaient que petits-cousins; Bertranges avait quelques années de plus que Danglars : il s'était marié très jeune, et avait naturellement l'espoir d'avoir des enfants; sa fortune dans ce temsp-là n'était pas encore faite; il avait des parents plus proches que Danglars, dans la personne de deux grands et robustes neveux, qui devaient hériter de Jean Bertranges si ce dernier mourait sans enfant. Danglars n'avait donc rien à attendre de son parent.

A son retour du château de Saint-Maignelay, les choses étaient tout à fait changées. Bertranges, marié depuis quelques années n'avait point d'enfant; ses neveux avaient été tous deux tués dans une collision de chemin de fer. Danglars devint alors son plus proche parent.

La splendide manière de vivre de Bertranges rivalisait avec celle des plus riches banquiers. Ses énormes capitaux étaient employés à faire des spéculations qui, variées avec esprit, rendaient des sommes immenses, ce qui enflamma l'imagination maladive de Danglars.

La chance possible de faire un si grand héritage éblouit Blanche et Alain; ce dernier avait tous les vices que l'argent peut irriter et exciter : l'envie et l'avarice étaient au fond de son cœur; il était ardent pour tous les plaisirs sensuels.

Blanche avait un caractère plus âpre; l'or était pour elle un instrument nécessaire; la jeune femme voulait recouvrer à tout prix sa grandeur perdue.

Les Danglars se lièrent de plus en plus avec les Bertranges. Un jour, ce dernier se mit à parler des jeux de bourse et des affaires de spéculation. Blanche restait des heures à écouter, sans rien dire à Bertranges, ou à souffrir le martyre en jouant son jeu favori du tric-trac.

Alain, enfant gâté, copiait les tableaux sur les murs couverts de riches tapisseries; il faisait des compliments à Mme Bertranges, flattait Monsieur; il était charmant avec eux pour avoir quelques bagatelles ou quelques louis.

Ces trois personnes, comme trois oiseaux de proie, s'étaient établies chez le riche Bertranges...

Lucien Danglars a obtenu une place importante et lucrative; on attribue son élévation et sa fortune à ses talents de détective. Sa demeure devient somptueuse, et Mme Danglars a ses jours de réception...

Jean Bertranges n'existe plus, il a succombé, non par une mort subite, mais à quelque maladie assez prompte..... un épuisement nerveux; sa vie active et ses projets, disait-on, l'avaient usé.

La veuve Bertranges eut sa fortune qui était considérable, et comme son mari l'aimait beaucoup il lui avait donné de son vivant de très fortes sommes de la main à la main. Elle devint riche... très riche; elle était encore belle : qui sait si Mme veuve Bertranges ne se remarierait pas !

Un jour qu'Alain revenait de faire une promenade, il vit Danglars passer dans une superbe automobile : il allait du côté de la Préfecture de Police. Alain pensa qu'il pourrait voir Blanche seule. Comme il approchait de la maison, il aperçut un homme à l'angle de la rue; cet homme suivait des yeux l'auto de Danglars avec une expression de haine et de vengeance; à peine avait-il eu le temps de le regarder que cet homme s'éloigna rapidement et entra dans un café.

Cette figure n'était pas tout à fait inconnue à Alain; il l'avait déjà vue.

Une fois, il avait remarqué, en rentrant le soir, un individu qui rôdait autour de la maison. Alain demeura convaincu que cet homme était Voirin, le chef de la bande des faux-monnayeurs, dont le nom seul faisait trembler son père.

Il eut bien soin de graver dans sa tête le nom du café et de la rue où il se trouvait. Une demi-heure après, le jeune homme arrivait devant le domicile de son père. Il monta dans une petite chambre où Blanche se tenait habituellement, et qui était séparée de sa chambre à coucher par un petit corridor. Sa belle-mère, la tête appuyée dans ses mains, était assise près de la fenêtre, elle n'aperçut Alain que lorsqu'il passa ses bras autour de son cou pour l'embrasser.

— C'est vous ! dit-elle en tressaillant; puis s'efforçant de sourire : Voyez, mes nerfs ne sont pas aussi forts qu'autrefois.

— Je vais vous confier quelque chose, quoique peut-être au péril de ma vie, murmura tout bas Alain : mon père va souvent chez la veuve Bertranges... elle est riche et faible...

« Partons en Angleterre !... Mon père est sur le point de me congédier; il craint que je ne sois un obstacle à ses projets; il craint peut-être que je ne vous avertisse... ou... enfin tous deux ici nous sommes de trop; il veut nous envoyer à Londres... il divorcera... il se remariera ! alors il vous laissera ce qui vous reste de fortune... il vous laissera la vie... Si vous restez ici... vous traversez ses projets, et... non, non; partons pour Londres : il y a plus de sûreté là-bas qu'ici.

Comme il parlait ainsi, la figure de Blanche changea plusieurs fois : ce qu'elle venait d'entendre fut un trait de lumière qui éclaira sa conviction. Alors frappée d'horreur, elle se leva : ses yeux brillèrent d'un feu effrayant... elle appela à son aide le courage et la vengeance. Insensé ! se dit-elle, comme si dans la guerre perfide de l'intérieur, la femme n'était pas toujours sûre de triompher.

— Avez-vous quelques preuves de ce que vous avancez ?

— Des preuves, répéta Alain étonné, je ne peux que voir et faire des suppositions. Vous êtes avertie... veillez, épiez et décidez vous-même. Mais je vous le répète encore, fuyez en Angleterre; j'irai aussi !

La jeune femme, sans répondre, prit les clefs des mains d'Alain, et passa dans le cabinet de son mari : quand elle y fut entrée, elle se dirigea vers le secrétaire et l'ouvrit facilement avec une des fausses clés d'Alain. Elle n'y trouva point de lettres d'amour; ce fut sa première recherche, car elle était femme... Mais Blanche trouva un document qui lui disait tout ce que les lettres amoureuses auraient pu lui dire. C'était un état de toute la fortune de Mme Bertranges :

il y avait des notes écrites au crayon sur les marges : Ferrand donnera 400.000 francs pour les terres d'Auvergne. — accepté. — Consulter sur le pouvoir de vendre, accordé à un second mari.

Question : Y a-t-il quelque crainte qu'un héritier puisse revendiquer et disputer les sommes données à Mme Bertranges ?

De telles notes écrites ne pouvaient l'être que par un homme qui est sur le point de devenir propriétaire. La pâle Blanche vit que son règne était passé; un sourire de mépris effleura ses lèvres; elle trouva encore d'autres lettres qu'elle parcourut, une entre autres qui faisait mention des services que Danglars avait rendus à la Police en découvrant le repaire d'une bande de faux-monnayeurs dont le chef, un nommé Claude Voirin, ne tarderait pas à être pris. Cette lettre suffisait à ses projets. Blanche la cacha avec soin et était sur le point de refermer le secrétaire, quand ses yeux tombèrent sur un petit volume qui était dans un coin. Elle l'ouvrit et le parcourut; voici le titre du livre : « Recherches chimiques et philosophiques sur la nature des poisons en usage du XIV⁰ au XVI⁰ siècle. »

Enfin, hors d'elle-même, agitée de mouvements convulsifs, Blanche referma précipitamment le secrétaire, et revint auprès d'Alain.

— Avez-vous trouvé le papier que vous vouliez ? dit-il.

— Oui.

— Alors, quel que soit votre projet, il faut vous hâter... car bientôt il découvrira...

— Je serai prompte.

— Mon père a tué ma mère par sa méchanceté et sa perfidie, dit Alain entre ses dents et pour moi vous l'avez remplacée; frappez, s'il le faut, en son nom ! si vous voulez vous servir du bras du chef des faux-monnayeurs Claude Voirin, allez le trouver au café indiqué sur ce bout de papier... mais... silence... j'entends le pas de mon père.

Peu de jours après, Alain s'embarqua pour l'Angleterre. Blanche a refusé de partir.

Un soir, une femme enveloppée d'un manteau se tenait à l'angle d'une rue, pour épier quelqu'un. Une lumière brillait au travers des vitres d'un café; la nuit était nuageuse et sans étoiles; le vent mugissait lamentablement, et la pluie tombait à torrents. Mais ni la solitude, ni les tourbillons de vent, ni la pluie n'effrayaient la femme qui restait à son poste. De temps en temps, elle s'approchait de la fenêtre du café, et regardait toujours un homme assis, éloigné des autres consommateurs; enfin, son pouls battit plus vite, et ses lèvres sourirent, mais ce sourire était infernal; l'homme s'était levé pour partir; il sortit et marcha très vite dans la rue. La femme le suivit et s'approcha de lui : quand il fut sous l'unique réverbère de la rue, il sentit que quelqu'un le touchait; une femme était à côté de lui et le regardait fixement.

— Vous êtes Claude Voirin; voulez-vous vous venger ?

La première impulsion de l'homme fut de porter sa mains dans son gilet pour saisir un poignard qui brilla à la lueur du bec de gaz; mais la voix douce de cette femme le rassura, et il lui répondit :

— Je suis celui que vous chrechez, et je ne vis que pour la vengeance.

— Lisez ceci, et vengez-vous. Et elle remit un papier et disparut.

Vingt-quatre heures après ces événements, près du faubourg du Temple, dans un café, sont assis Claude Voirin et un autre complice. Voirin paraît satisfait, sa figure est plus ouverte qu'à l'ordinaire; il parle tout bas à son compagnon; mais ce dernier ne semble pas partager les sentiments de Claude; il est pâle, défait, la terreur est peinte sur sa figure, et le journal qu'il tient tremble comme une feuille.

Dans le fond du café quelques consommateurs jouent à la manille.

— Savez-vous quelque chose du meurtrier ? demande à ses partenaires un des joueurs,

— Non, mais un homme qui a été l'ami du préfet de police doit avoir beaucoup d'ennemis.

— Ce pauvre Danglars ! Pourquoi s'était-il fait détective ?

— Ah ! c'était un homme bien rusé, un fin matois.

— Cela ne l'a pas empêché d'être poignardé dans sa maison.

— Il paraît, ajouta un des manilleurs, que Lucien Danglars, qui avait fait ses études pour être docteur, avait la passion de faire des expériences chimiques; et, pour cela, il avait loué une chambre en haut de la maison qu'il habite pour ses scientifiques amusements; il avait l'habitude d'y passer une partie de la nuit, et le matin on l'a trouvé baigné dans son sang; il avait reçu trois horribles blessures.

— Dans sa propre maison ! dit un joueur. C'est sans doute quelque domestique, ou peut-être quelque héritier impatient de dépenser son héritage !

— Vous n'y êtes pas, dit le quatrième manilleur, il paraît que la fenêtre était ouverte, et elle donne sur le toit : l'assassin sera entré par là, et se sera sauvé par le même chemin; car on a trouvé le plomb de la gouttière tout éclaboussé de sang, la maison voisine est inhabitée... il était facile d'y entrer et de s'y cacher jusqu'à la nuit.

— Hum !... fit le premier manilleur. Mais l'assassin ne pouvait connaître les habitudes de Lucien Danglars, que par quelqu'un de sa maison. Était-il marié ?...

— Oui, avec une très jolie femme...

— Elle avait peut-être des intrigues amoureuses ?

— C'était, paraît-il, le plus heureux ménage qu'on pût voir...

— C'est bien étonnant, dit un des joueurs....

Blanche, seule maintenant dans la maison de Danglars, était pensive dans sa chambre, lorsque le commissaire de police vint faire sa visite, prit des notes, et fit ses compliments de condoléance à la veuve, en lui promettant que la justice vengerait la mort de son mari. Une malle ouverte est sur le parquet, dans laquelle elle laisse tomber un petit livre. A l'index de sa main on peut remarquer une bague beaucoup plus massive que celle que les femmes portent ordinairement. Blanche auparavant ne portait jamais de bague. Pourquoi cette bague avait-elle été choisie avec tant de soin parmi les bijoux du défunt ?... Le petit livre que sa main laissa tomber sans bruit dans la malle contenait des secrets terribles : celui d'empoisonner et de mettre les victimes au tombeau, sans laisser aucune trace du crime...

DEUXIÈME PARTIE

L'EMPOISONNEUSE

VINGT-SEPT ANS APRÈS

I

Sur la terrasse du château de Saint-Maignelay, une seule personne marchait lentement ; la jeune épouse ne s'appuyait plus sur le bras de son nouvel époux. Quoique pâle et défaite cette figure est encore douce et bienveillante.

Charles Rollot dort dans le caveau des Saint-Maignelay ; il a vécu plus longtemps qu'il ne le croyait et que son docteur ne l'espérait : trois fils avaient comblé le bonheur de son ménage, pour pleurer ensuite sur son tombeau. Les deux aînés étaient délicats et maladifs ; ils n'avaient pas survécu longtemps à leur père ; le troisième semblait être d'une constitution bien différente de ses frères. A lui seul, devait revenir l'ancien héritage de Saint-Maignelay, et il promettait d'en jouir longtemps.

C'est la veuve de Rollot qui se promène seule sur la magnifique terrasse du château ; toujours triste, car elle regrettait et aimait celui qu'elle avait choisi pour mari ; depuis la mort de Rollot, son âme était en deuil aussi bien que sa personne. Un seul fils lui restait ; — elle vivait dans la solitude ; car le monde ne la tentait plus. son fils seul faisait son orgueil.

A Bordeaux, les affaires continuent toujours, les portes de la banque s'ouvrent et se ferment ; mais les noms des associés sont en partie changés ; Jacques Lavilletertre n'y est plus, et si l'on prononce encore son nom, ce n'est pas avec honneur ni louange ; car il y a quelque chose qui ternit et déshonore ce nom.

Entrons dans la maison du brave pasteur Fielden : il est seul dans son petit salon ; il n'est pas trop changé, si ce n'est que ses cheveux sont devenus gris, et que quelques rides paraissent sur sa figure bienveillante ; ces signes sont ceux que les chagrins et les années impriment. Il est seul... Ses enfants sont tous établis ; tous volent de leurs propres ailes. çà et là, et à leur tour cherchent à élever leurs enfants. Sa femme n'existe plus... cette bonne ménagère qui mettait tout en ordre. La porte du salon est ouverte sur le jardin ; mais devant cette porte maintenant personne ne passe ; le bon pasteur lit un ouvrage grec ; cependant il lève les yeux et regarde ce jardin, aujourd'hui solitaire : il aurait donné, avec joie, tout ce qu'Athènes a produit de génies depuis Eschyle jusqu'à Platon, pour entendre encore son excellente femme se plaindre des habits déchirés de ses enfants ou parler économie.

Mais voyez, quoique la femme ne soit plus, quoique les enfants soient partis, la maison de M. Fielden n'est pourtant pas absolument déserte : voyez au fond du jardin cette charmante personne ; c'est le portrait vivant de Suzanne quand elle était jeune : le même sourire, les mêmes yeux bleus ; comme Suzanne, ses cheveux sont d'un blond charmant ; elle a sa bouche gracieuse sur laquelle est un sourire enchanteur. C'est la jeune Hélène Lavilletertre, est-ce que le toit du pasteur abrite la fille de Suzanne ? La mort lui a-t-elle ravi ses protecteurs naturels ? sont-ils donc morts aussi ? Vingt-sept ans se sont écoulé, et dans cet espace de temps, combien de fois les sombres portes du cimetière se sont-elles ouvertes pour les jeunes gens

omme pour les vieillards ! Jacques Lavilletertre mourut le premier,
accablé de soucis et de honte; la santé de Suzanne, toujours chance-
lante, avait lutté et pris le dessus pendant qu'il vivait; elle ne voulait pas mourir, car qui aurait pu le consoler ? Mais à sa mort le
courage l'abandonna; elle languit pendant trois ans, et puis, un jour,
pour la première fois, elle sourit : ce sourire resta sur les lèvres
de la morte...

Ce jeune couple que nous avions laissé si heureux avait, depuis,
éprouvé beaucoup de malheurs. Au milieu de la pauvreté, de la
honte et du chagrin, un consolateur, un enfant était venu au monde.

— *Nous sommes faits l'un pour l'autre, Suzanne* (page 35).

Lavilletertre l'avait pressé sur son cœur, non pas avec un sentiment d'orgueil, mais avec un sentiment pénible. Suzanne, dans son
testament, avait mis Hélène sous la tutelle de M. Fielden et de sa
sœur; mais Blanche était éloignée, son adresse inconnue. Ainsi pendant deux ans le pasteur avait eu seul la charge de l'orpheline; elle
n'avait pas manqué de soins pour cela. La dot que Suzanne avait
apportée à son mari était dépensée depuis longtemps, il est vrai...
ou plutôt perdue par des calamités qui avaient déshonoré le nom de
Lavilletertre... Mais le grand-père d'Hélène mourut quelque temps
après cet événement, et peu avant la mort de Jacques; il n'avait
jamais pardonné à son fils d'avoir entaché son nom... jamais il
n'était venu à son secours; il laissa seulement à Hélène une somme

d'environ quatre-vingt-dix mille francs, car elle, du moins, était innocente. Aux yeux de M. Fielden, Hélène était une riche héritière.

Hélène, si aimable, si accomplie, avait appris plusieurs langues et avait terminé son éducation. La Providence avait encore chargé M. Fielden de veiller sur le fils de son ancien pupille Noroy; et quoique une tendre affection existât entre les deux jeunes gens, ils semblaient s'aimer seulement comme frère et sœur.

On frappe; c'est le facteur. Il remet une lettre au pasteur, qui reconnaît l'écriture de Blanche; cette lettre est ainsi conçue :

« Cher monsieur, bien des années se sont écoulées sans que j'aie
« eu aucune correspondance avec vous; peut-être même que le nom
« de Blanche Danglars vous paraîtra plus étrange que celui de Blan-
« che Varnois. Je viens d'arriver à Bordeaux après un long séjour
« en Angleterre. Je vois par le testament de ma sœur qu'elle a confié
« sa fille unique à mes soins conjointement avec vous; je suis dési-
« reuse d'être utile à cette chère enfant; je suis seule dans le monde
« et d'une santé mauvaise... affligée d'une paralysis qui me prive de
« l'usage de mes jambes; dans une telle circonstance il est bien na-
« turel que je me réunisse à la seule parente qui me reste. Mon
« voyage a épuisé mes forces, et tout mouvement m'est si doulou-
« reux, que je vous prie de m'excuser de ne pas venir en personne
« chercher ma nièce. Je vous prie d'exprimer à Hélène, en mon nom,
« l'assurance d'une amitié sincère, comme je la dois à l'enfant de
« ma sœur, et j'attends avec impatience votre réponse.
« Je suis, cher monsieur, votre reconnaissante,

« Blanche Danglars. »

« P.-S. — Je serai heureuse de vous voir; je désire vivement con-
« naître tous les détails relatifs à ma pauvre sœur. Vous seul pou-
« vez me les donner, et m'apprendre quelque chose de l'histoire de
« son mariage, ainsi que de M. Noroy auquel je portais beaucoup
« d'intérêt il y a quelques années, qui a laissé un enfant placé, à
« ce qu'on m'a dit, sous votre tutelle. J'ai fait une si longue absence,
« que tout est bien changé et que j'ai beaucoup à apprendre. Ah !
« combien peu les inscriptions des tombeaux nous parlent des
« morts ! »

II

Une représentation de gala se donnait ce soir-là au Théâtre-Fran-
çais de Bordeaux; aux pieds des marches se tenait un personnage
dont l'air mécontent contrastait fort avec la gaîté générale. Cette
personne était un des balayeurs des rues de la capitale de la Gironde.

Il était jeune, et pourtant il avait la figure d'un vieillard sur de
jeunes épaules. Ses cheveux étaient longs, épais et presque gris; son
visage était pâle et ridé; ses yeux étaient creux et ternes, ombragés
par d'épais sourcils, il avait l'air faible et maladroit. — Son dos était
voûté; quand on l'avait vu une fois, on ne pouvait l'oublier, et ce
souvenir produisait une pénible impression; il avait l'air humble,
sans avoir l'air doux; sa voix était plaintive et dolente, mais sans
être touchante; il avait une certaine insouciance, un certain engour-
dissement paresseux, quoique de temps en temps, il s'animât avec
une sorte de finesse et de pénétration; personne ne savait comment
il était venu au monde, car on ne lui connaissait point de parents.
Il avait été élevé par la charité d'un étranger, et avait passé mystérieusement son enfance dans la misère. Le caractère de ce balayeur
était austère, et la pauvre créature avait aussi quelques bonnes qua-
lités : il était sensible et reconnaissant des bontés qu'on avait pour
lui... Il aimait l'argent; mais quand il en avait il l'eût volontiers partagé avec celui de ses camarades qui lui aurait rendu quelques ser-

vices, ou seulement qui lui aurait donné un sourire amical. Il était profondément honnête. On aurait pu lui confier de l'or sans le compter, il n'avait aucun nom légitime; personne ne savait si un parrain ou une marraine avait jamais répondu pour lui sur les fonts baptismaux; mais il s'était baptisé lui-même en se donnant le nom, très simple, de Pierrot.

Cette créature aimait-elle quelque chose ?

Pierrot avait une double affection, celle de rendre un service et d'en recevoir un autre; il était heureux quand il voyait la rue qu'il balayait bien propre et nette au milieu de la boue qui l'entourait. Il la regardait comme sa propriété ! Tout ce qu'un homme peut éprouver pour un bel état et une belle position dans le monde, Pierrot le ressentait pour le passage qui était assujetti à son balai !

Le soir arrivait, et Pierrot était encore occupé à balayer, quand un jeune homme à cheval s'en allait tranquillement au pas, ayant l'air de chercher quelqu'un pour tenir son cheval, ses regards ne rencontrèrent personne digne de cet honneur, excepté Pierrot qui, alors, se trouvait seul. Le cavalier était si jeune, qu'on l'aurait pris pour un adolescent : ses yeux vifs, son air pétulant, la légère contraction de ses sourcils donnaient à sa figure un charme inexprimable. Almaviva aurait été jaloux d'un tel page; il fit signe au balayeur d'approcher. — Suivez-moi, dit-il, et sans attendre de réponse il prit le chemin d'Oriol.

Pierrot mit son balai sur son épaule, et suivit le jeune cavalier.

Ce dernier descendit légèrement de son cheval à la porte du Cercle le Gardénia, caressa le cou de son cheval, puis donna les rênes au balayeur et entra dans la maison en fredonnant un air d'opérette, comme un homme qu'aucun souci ne préoccupe. Comme il entrait au cercle, deux ou trois jeunes gens un peu plus âgés que lui jouaient aux cartes à la même table, en le voyant, ils le saluèrent amicalement.

— Oh ! dit l'un d'eux, nous ne venons que d'arriver, voici un siège pour vous.

Le jeune homme rougit en acceptant; et les trois jeunes gens lui firent une place, avec un plaisir qui montrait que sa timidité n'était pas un obstacle à son amabilité.

— Quel est ce jeune homme ? dit un vieil habitué du Cercle. On ne devrait pas admettre des enfants ici.

— C'est le fils d'un de nos anciens amis, répondit son partenaire, en ôtant ses lunettes : c'est le jeune Roger de Saint-Maignelay.

— Saint-Maignelay ? quoi ! c'est le fils de Charles Rollot ?

— Oui.

— Il n'a pas la bonne tournure de son père : ces jeunes gens ont un ton... des manières... si...

— C'est très vrai; le fait est que Roger était destiné pour la marine; et même il a servi un an environ. Ils étaient trois frères, je crois qu'il est le plus jeune : on dit que les deux aînés sont morts, et dans ce cas Roger de Saint-Maignelay est seul héritier. Je ne pense pas qu'il soit majeur.

— Majeur ! il ne paraît pas avoir plus de dix-sept ans !

— Oh ! il a plus que cela ! il me semble encore le voir dans le château de Saint-Maignelay. C'est une belle propriété !

— Ah ! je ne m'étonne pas que ces jeunes gens soient si empressés autour de lui.

A la table où Roger était assis, la conversation était très animée, et roulait sur différents sujets : on parlait de chevaux, de parties de chasse, des danseuses du théâtre, des beautés du jour. Dans cette causerie, il y avait une naïveté de la part de Roger de Saint-Maignelay, qui montrait que, pour lui, la vie avait encore l'écorce de la nouveauté : il était peu au courant des danseuses du théâtre et des petits scandales de la ville : même ce dernier sujet de conversation paraissait fort peu l'intéresser : modeste comme une jeune fille, il rougissait et baissait les yeux quand ses amis, plus hardis que lui, se vantaient de leurs rendez-vous amoureux.

Il faisait tout à fait nuit : les camarades de Roger étaient partis; lui restait sur le seuil de la porte, réfléchissant s'il rentrerait directement chez lui, quand il aperçut Pierrot tenant encore les rênes de son cheval : Roger l'avait entièrement oublié... et riant de son peu de mémoire, il mit quelques pièces d'argent dans la main du balayeur, et lui dit :

— C'est bien, mon brave, je crois que je puis vous confier mon cheval pour le conduire à son écurie (et il indiqua la rue et le numéro) car il a besoin de souper... et vous aussi, je suppose !

Pierrot sourit, et dit :

— Je vais conduire le cheval de Monsieur.

— Oui, mais ne le montez pas; il pourrait vous arriver quelque accident.

— Oh ! non, Monsieur, je n'ai jamais monté à cheval.

Pierrot conduisit lentement le cheval à travers la foule, et Roger le perdit de vue.

Le jeune homme, après avoir quitté le balayeur, erra encore quelque temps où son caprice l'entraînait, et gagna machinalement la place du théâtre : là, il n'était plus possible d'avancer, tant la foule qui sortait était compacte. Roger s'appuya contre une des colonnes en attendant de pouvoir se frayer un passage.

Dans ce moment, trois personnes liées à cette histoire marchaient à quelques pas l'une de l'autre, et ressentaient la pression de la foule. Abrité contre les flots humains par une autre colonne, un homme, les bras croisés sur la poitrine, regardait cette masse de peuple; lui, en vérité, n'aurait pas pu dire qu'il était à son aise dans cette cohue : pour lui la joie et la beauté du spectacle n'étaient rien, que de vains fantômes.

Soudain, Roger de Saint-Maigneley aperçut une figure qui le tira de son abstraction : c'était comme une apparition dans un songe; ce n'était pas seulement la beauté de la figure qu'il voyait, qui fit battre son cœur en attirant ses regards; c'était plutôt cette sympathie inexprimable qui constitue l'amour subit, cette impulsion, ce coup de foudre, cet instinct qui est naturel à l'homme le plus stupide, comme au plus spirituel, à l'imagination la plus vive, comme à la raison la plus austère. Cobbett vit une jeune fille à la porte d'une chaumière, et dit en la voyant : Cette fille sera ma femme; et Dante fut d'abord ému en voyant Béatrix... sitôt que l'amour se fait sentir à la première vue d'un objet, il se répand aussitôt dans notre âme : comme un trait de flamme, la destinée nous apparaît face à face.

Il n'y avait rien de poétique dans le lieu ni dans la circonstance, encore moins dans la société qui était avec la jolie fille qui surprit le cœur pur de ce jeune insouciant : elle donnait le bras à une femme d'un certain âge; à côté d'elle était un homme très petit et très maigre; la dame, malgré son embarras pour conduire deux personnes, tenait encore à la main une ombrelle et un parapluie.

Dans cette étrange émotion que les yeux avaient transmise au cœur de Roger, son oreille fut frappée d'une manière déplaisante par la voix haute et criarde de la compagne de la jeune fille.

C'était la voix de Mme Parnes, parente d'Hélène, qui, en compagnie de son mari, marchand de nouveautés, et de la jeune fille, était venue voir la sortie du théâtre.

Pour se frayer un passage dans la foule, l'intrépide Mme Parnes administrait à droit et à gauche force coups d'ombrelle.

Soudain, devant Mme Parnes, s'arrêtèrent trois femmes, minces et maigres, dont les vêtements montraient qu'elles appartenaient à une classe des plus humbles.

— Otez-vous de là... retirez-vous, mes bonnes femmes... ôtez-vous! cria Mme Parnes avec dédain.

— Et pourquoi, s'il vous plaît, quitterions-nous nos places pour vous ?... dit une des femmes d'un air provoquant.

Sans daigner répondre, Mme Parnes eut recours à sa tactique ordinaire : l'ombrelle et son mari furent poussés droit entre les trois femmes; et à l'étonnement inconcevable de l'assaillante, l'ombrelle et le mari disparurent presque aussitôt; les trois mégères les avaient renversés à leurs pieds. Ces deux objets furent arrachés à leur propriétaire naturel : ils furent entraînés par le torrent; Mme Parnes et Hélène furent portées d'un côté par la foule, et l'ombrelle et le mari de l'autre; à quelque distance on entendit une voix flûtée qui criait :

— Mais laissez-moi donc !... madame ! madame ! ah ! ah ! madame Parnes !.. A cette dernière répétition de ce nom bien-aimé, prononcé d'un ton d'angoisse et de détresse, le cœur conjugal de Mme Parnes fut affligé au delà de toute expression.

— Attendez-moi un moment, ma chère Hélène, dit-elle; peu après on l'entendit criant, grondant, jusqu'à ce que toute trace d'elle fût perdue par Hélène. Ainsi laissée seule, la pauvre jeune fille regarda tout autour d'elle; ce regard fut aperçu par deux jeunes gens très bien mis.

— Oh ! oh ! s'écria l'un d'eux, voilà une bien jolie fille ! et par un mouvement de la foule, ils se trouvèrent près d'Hélène.

— Etes-vous seule ? ma belle enfant, dit une voix d'un ton familier et tant soit peu grossier.

Hélène ne répondit pas; elle fut effrayée du ton de cette voix. Une ouverture dans la foule lui laissa voir un endroit où il n'y avait personne; elle s'y dirigea rapidement; les deux hommes la suivirent; le plus âgé et le plus hardi essaya de lui prendre le bras. Soudain Hélène s'aperçoit que la place est sans issue... elle s'arrête tout épouvantée, ses poursuivants lui barrent le chemin. Un d'eux lui saisit la main : — Quelle jolie petite main ! pourquoi êtes-vous si farouche ? Je vous demande un baiser, seulement un !... Et en parlant ainsi il essaya de passer son bras autour de sa taille. Hélène le repoussa et s'élança, mais sans pouvoir échapper, car le chemin était barré par le camarade de son persécuteur; quand au même instant une troisième personne poussa l'homme qui barrait le chemin, puis s'approchant et regardant fièrement ces deux insolents, il offrit son bras à Hélène qui jeta un coup d'œil timide sur ce libérateur inattendu; sachant à peine ce qu'elle faisait, elle mit sa main tremblante sur le bras qu'on lui offrait. Les deux jolis cœurs restèrent tout sots : l'un releva le col de son habit, l'autre fit une pirouette en s'efforçant de rire.

Bien que Roger de Saint-Maignelay parût fort jeune, il y avait dans son maintien une expression si courageuse qui leur en imposa.

Roger s'éloigna avec Hélène, sachant à peine où il allait. Tout à coup, la jeune fille, revenant à elle, et tout alarmée, s'écria :

— Mais ce n'est pas du tout mon chemin, il faut que je retourne sur mes pas.

— Comme je suis étourdi... c'est vrai, dit Roger d'un air confus. J'étais si heureux d'être avec vous, de sentir votre main sur mon bras, et de penser que... Mais vous avez perdu votre bouquet !

Et comme le bouquet qu'Hélène portait était tombé par terre, tous deux se baissèrent pour le ramasser, et leurs mains se rencontrèrent... Roger, en touchant la main de la jeune fille, eut un tremblement étrange qui peut-être se communiqua, car de telles choses sont contagieuses. Roger tenait le bouquet et paraissait vouloir le garder; puis il tourna ses yeux brillants et ingénus vers Hélène, et ôtant une rose du bouquet, il dit d'un ton suppliant :

— Puis-je garder cette fleur ?

— Monsieur, dit Hélène en rougissant et en baissant les yeux, j'avoue que vous avez tant fait pour moi, que je serais contente si cette pauvre fleur pouvait vous exprimer ma reconnaissance.

— Une pauvre fleur ! vous ne savez pas tout le prix qu'elle a pour moi !

Roger plaça la rose sur son cœur, et tous deux retournèrent lentement sur leurs pas.

— Et cette dame qui était avec vous ?... demanda le jeune homme, regardant d'un autre côté et craignant la réponse. Ce n'est pas votre mère, sûrement !

— Oh non ! je n'ai plus de mère !...

— Pardonnez-moi, dit Roger, voyant combien ce souvenir était pénible pour la jeune fille; et il ajouta avec une jalousie qu'il ne put dissimuler : Et ce jeune homme qui vous parlait devant le théâtre ? Je l'ai vu quelque part, mais je ne peux me rappeler dans quel endroit; car vous m'avez tout fait oublier, excepté vous... Est-il de vos parents ?

— C'est mon cousin.

— Votre cousin ! répéta Roger, et puis il s'arrêta court.

— Je ne sais pas pourquoi, dit le jeune homme, mais il me semble que je vous ai connue toute ma vie... Je n'ai jamais éprouvé cela pour personne.

Roger de Saint-Maignelay avait l'air si sérieux et si innocent en disant cela qu'Hélène ne put s'empêcher de sourire; peut-être aussi que pour la première fois de sa vie elle éprouva un petit sentiment de coquetterie.

Roger, qui la regardait de côté, vit ce sourire, et dit en relevant la tête :

— Je vois que vous riez de moi, comme si j'étais un enfant; mais je suis plus vieux que je ne le parais. Je suis sûr que je suis bien plus âgé que vous. Voyons, vous avez dix-sept ans, je suppose ?

Hélène, se mettant de plus en plus à son aise, fit un signe affirmatif.

— Et moi, j'ai près de vingt et un ans... vous avez beau être étonnée, c'est pourtant vrai; il y a une heure, je n'étais qu'un enfant; mais à présent, je ne le suis plus.

Ils gardèrent le silence jusqu'à ce qu'ils fussent arrivés à l'endroit même où Hélène avait perdu son amie.

— Eh bien ! cria une voix claire et sonore comme une trompette; vous voilà enfin !... et Mme Parnes, qui avait retrouvé son mari et son ombrelle, se planta devant eux.

— Ah ! j'ai eu une belle peur; et maintenant je vous vois revenir aussi calme que si rien n'était arrivé, que si mon ombrelle n'avait pas perdu son manche d'ivoire. C'est tout à fait vexant. Ma chère Hélène, où avez-vous été ? et quel est ce jeune homme, je vous prie?

La jeune fille donna tout bas quelques explications à Mme Parnes qu'elle ne parut pas recevoir aussi gracieusement que Roger avait le droit de s'y attendre. Elle le fixa et branla la tête d'un air incrédule; puis prenant le bras d'Hélène elle s'éloigna en disant :

— Merci, Monsieur, et bonne nuit.

Le pauvre Roger, congédié si brusquement, regarda la jeune fille, et il fut en quelque sorte consolé, en voyant l'air de regret qu'avait Hélène en lui disant adieu. Il était tellement novice et innocent qu'il n'avait même pas demandé le nom, ni l'adresse de sa nouvelle connaissance; à cette pensée, il traversa la foule avec précipitation pour atteindre la jeune fille et Mme Parnes et leur demander leur nom... mais il rejoignit l'objet de sa poursuite, juste au moment où elle montait dans une automobile avec Mme Parnes et son mari.

Quand l'auto, qui était la seule qui fut sur la place, fut partie, les yeux de Roger se portèrent sur le balayeur Pierrot appuyé sur son balai. Ce dernier porta la main à sa vieille casquette pour saluer, en souriant, le jeune Roger.

L'amour, dit-on, ouvre l'esprit, et donne de l'audace; une pensée, digne de l'homme le plus expérimenté, se présenta à Saint-Maigne-

lay; il courut vers le balayeur, mit sa main sur la manche toute ra-
piécée de sa veste et lui dit :

— Vous voyez cette auto qui tourne sur la place; suivez-la; sachez
où elle va; voilà un louis pour vous; vous en aurez un autre si vous
réussissez; revenez bien vite me dire ce que vous saurez, chez moi,
voici ma carte et mon adresse; partez rapidement !

Le balayeur fit un signe affirmatif : ce n'était probablement pas
la première commission de ce genre qu'il faisait; il se mit à courir; Roger le suivit, et comme l'automobile traversait la place du

Il avait reçu trois horribles blessures (page 43).

Théâtre il eut la satisfaction de le voir confortablement assis sur le
derrière du véhicule.

Trois heures après, quand Pierrot le balayeur arriva à la porte de
Roger de Saint-Maignelay, le pauvre commissionnaire s'arrêta un
instant et regarda autour de lui, car il n'avait jamais rien vu de
si beau : La Fortune et la Pauvreté semblaient être en présence dans
la personne du balayeur et du propriétaire de l'appartement. Le
logement de Saint-Maignelay était d'une extrême propreté, et d'une
élégante simplicité; des livres étaient rangés avec ordre dans une
bibliothèque; il y avait plusieurs petits tableaux, principalement
des marines d'un bon choix et bien placées. Quoique l'appartement
fut réellement simple, Pierrot en fut émerveillé; et après la première
surprise, ses yeux se portèrent sur Roger qui se leva promptement
pour venir à lui.

— Eh bien ? interrogea-t-il.

— C'est sur la route d'Oriol, dans une grande maison, avec un
mur très haut en face.

— Vous la reconnaîtriez bien encore cette maison ?

— Et savez-vous le nom de la personne ?

— Je l'ai demandé, dit Pierrot tout orgueilleux de sa diplomatie; ils ont une domestique qui se nomme Françoise, c'est tout ce que j'ai pu apprendre pour le moment.

— C'est bien. Venez demain soir à huit heures et demie sur la route d'Oriol.

Pierrot porta la main sur une touffe de ses cheveux de devant, et puis s'inclina, comme pour donner son consentement.

— Voici le louis que je vous ai promis. Puisse-t-il vous faire du bien ! peut-être avez-vous un père ou une mère à votre charge ?

— Je n'en ai jamais eu, répondit Pierrot, en fermant la main.

— Eh bien, ne le dépensez pas pour aller boire.

— Je ne bois jamais.

— Alors, dit Roger en riant, mon cher ami, que ferez-vous de votre argent ?

Pierrot se frotta le nez, et dit :

— J'ai un matelas.

— Un matelas ! dit Saint-Maignelay, eh ! quel rapport a-t-il avec votre argent ?

— Eh bien, je le garnis avec.

Roger ne comprit pas d'abord; puis après avoir réfléchi un moment, il dit d'un ton de compassion :

— Ah ! vous serrez votre argent dans votre matelas pour le cacher; mais, mon pauvre garçon, vous pourriez bien mieux faire que cela : ce serait de le placer.

Pierrot, tout effrayé, dit :

— J'espère bien que M. Roger de Saint-Maignelay ne parlera de cela à personne; on viendrait me voler mon argent.., moi seul je sais où il est... et je couche dessus.

— Dormez-vous bien quand vous êtes couché sur votre trésor ?

— Non, c'est singulier, dit Pierrot; mais plus j'en mets, moins je dors.

Roger se mit à rire; mais il y avait de la tristesse dans ce rire; tant d'ignorance et de misère émurent le cœur franc et généreux de Roger de Saint-Maignelay.

Pendant ce temps, Pierrot tirait le pied droit en arrière, regardait tout autour de la chambre, et se dirigeait à reculons vers la porte. Une fois dehors, le pauvre balayeur courut chez lui, à travers les rues sombres, pour aller cacher ses deux louis dans son matelas.

III

Connaissant la maison où demeurait Hélène, il était facile à Roger de savoir le nom de la personne que Pierrot avait supposée être sa mère; mais Saint-Maignelay fut bien étonné quand il reconnut dans ce nom celui d'une parente. Il connaissait peu l'histoire de sa famille; on ne lui avait jamais parlé de l'ancienne héritière... c'était un sujet de conversation proscrit au château; mais dans le voisinage Roger avait entendu parler de Blanche, qui s'était mésalliée au grand étonnement de tout le monde, en épousant son précepteur qui avait également été le secrétaire et le bibliothécaire de son oncle. Tout ce que Roger savait de Blanche c'était que le vieux baron de Saint-Maignelay l'avait élevée chez lui dès son enfance; qu'après sa mort elle s'était mariée à un homme d'un rang inférieur au sien, appelé Danglars, et qu'elle avait quitté le pays. Il avait entendu dire aussi qu'elle avait un esprit extraordinaire, et qu'elle possédait beaucoup d'instruction.

Il n'avait pu savoir le nom de la jeune personne qui demeurait chez Mme Danglars; on lui avait dit seulement qu'elle avait un autre nom, et qu'elle n'était pas la fille de la dame qui avait loué la maison. Il était possible que cette dernière ne fût pas sa parenté; malgré cela, le jeune Saint-Maignelay crut pouvoir se hasarder de se présenter dans cette famille.

Une servante vint lui ouvrir; après l'avoir considéré quelques instants d'un air étonné elle lui dit : — Vous vous trompez !... et s'éloigna.

— Un instant, un instant ! cria Roger en essayant de s'introduire; mais la servante l'empêcha d'entrer en lui barrant le passage brusquement.

— Je ne me trompe pas du tout, je suis venu pour voir Mme Danglars, ma parente !

— Votre parente !... et de nouveau la femme fixa Roger d'un air méfiant, et dit :

— Restez là, et dites-moi votre nom.

Le jeune homme donna sa carte; la domestique la prit d'une main, et de l'autre donna un tour de clef, laissant Roger en dehors. Elle fut absente environ cinq minutes, et à son retour elle ouvrit la porte et lui dit de la suivre.

La servante le conduisit au salon, et Roger de Saint-Maignelay fut mis en présence de son plus mortel ennemi ! Le fauteuil de Mme Danglars était tourné du côté de la porte d'entrée, et du milieu des plis qui cachaient ses formes, le visage de Blanche faisait face à Roger.

— Ah ! dit-elle lentement, vous êtes Roger de Saint-Maignelay ? soyez le bienvenu ! Je ne croyais pas vous voir jamais... je ne vous ai pas cherché, c'est vous qui venez me trouver... c'est étrange... oui, très étrange... que vous, jeune et riche, recherchiez la pauvre infirme !

Roger, surpris et embarrassé de cette singulière réception, s'arrêta au milieu de la chambre, et d'un air confus mais gracieux il répondit :

— Pardonnez-moi, madame, mais...

— Je n'ai rien à pardonner, monsieur de Saint-Maignelay, interrompit Blanche d'un ton assez doux; c'est plutôt à vous d'excuser mes infirmités qui ne me permettent pas de me lever pour vous recevoir; prenez ce fauteuil, là... près de moi... Vous ressemblez beaucoup à votre père.

Roger prit cette dernière remarque pour un compliment, et y répondit par une inclination de tête, en regardant sa parente. La figure de Mme Blanche Danglars avait conservé cet air particulier qu'elle avait eu dans sa jeunesse; les contours étaient durs et fortement prononcés; des rides avaient entre les sourcils creusé un profond sillon; les yeux avaient aussi conservé leur regard sinistre et faux; de plus, les paupières étaient devenues rouges et injectées par les veilles; les joues quoique pâles et maigres n'annonçaient pas une personne malade, car on apercevait chez elle une force peu commune dans le jeu des muscles; ses lèvres aussi se contractaient fortement; enfin on voyait dans tout son être ce que les médecins appellent vitalité et qui annonce une longue vie; l'agitation de ses mains maigres et nerveuses contrastait avec le repos de son corps; les dents étaient encore blanches et régulières.

Roger eut presque peur en la regardant; mais son caractère, naturellement confiant, dissipa bien vite cette impression. Mme Danglars leva les yeux et dit avec amabilité :

— Vous ne voyez plus en moi que de tristes ruines, mon cousin.

— Ah ! dit Saint-Maignelay en se levant pour saisir une de ses mains, qu'il pressa dans les siennes, tandis que ses yeux étaient pleins de larmes. Ah ! puisque vous m'appelez votre cousin, permettez-moi d'en avoir tous les privilèges... Il faut faire appeler les plus savants médecins ; vous vous rétablirez... il ne faut jamais désespérer...

Les lèvres de Mme Danglars ne purent d'abord proférer une seule parole, tant elle fut surprise de cette sollicitude. Enfin, elle dit, en s'efforçant de sourire :

— Ne pensez pas à moi, je ne me fais aucune illusion, laissons ce sujet, parlez-moi, je vous prie, des vieux arbres du parc du château de Saint-Maignelay... sont-ils encore debout ?... Vous êtes le châtelain maintenant... c'est un bel héritage !

Alors Roger, voulant lui plaire, parla du vieux château, et des améliorations que son père y avait faites. Blanche l'interrompit.

— Comment avez-vous su où je demeurais ?... Est-ce M. Rocquemont ? Je lui avais pourtant bien défendu de vous parler de moi... et quel autre aurait pu vous l'apprendre ?...

Pendant qu'elle parlait, le jeune Saint-Maignelay paraissait gêné, ce que Blanche ne manqua pas d'observer.

— Mais, dit-il en balbutiant, peut-être que vous aurez entendu parler de... c'est... je crois qu'il y a une jeune... Ah ! c'est vous !... c'est vous !... Je vous retrouve !... et se levant avec précipitation il se trouva à côté d'Hélène qui entrait dans ce moment : la jeune fille baissa les yeux en rougissant; elle entendit, mais ne répondit pas au transport de joie de Roger.

Mme Danglars tressaillit; elle saisit fortement les bras de son fauteuil, en les contemplant tous deux; elle ne savait rien de leur première rencontre, tout ce qui s'était passé entre eux lui était inconnu. Cependant, on ne pouvait s'y méprendre... il était évident que le fils de son spoliateur aimait la fille de sa rivale; et... si un cœur pur laisse voir ses sentiments à l'extérieur, la rougeur d'Hélène disait que Roger ne l'aimait pas en vain !

Pendant que Blanche attachait sur eux, malgré son masque de perfidie, un regard indifférent en apparence, les deux jeunes gens, héritiers de sa vengeance, restèrent silencieux, et comme unis mystérieusement; Mme Danglars les considérait toujours, et ses mains s'ouvraient et se fermaient convulsivement, comme si elle les eût tenus en sa puissance. Roger de Saint-Maignelay fit alors en partie le récit de sa première rencontre avec Hélène; la jeune fille en parla aussi mais avec timidité. Elle s'excusa de n'en avoir pas parlé d'abord ayant craint de tourmenter, sans nécessité, sa tante qui était toujours d'une santé très délicate. Blanche écouta tout cela avec une grande bonté. Elle encouragea Roger par son accueil, et même elle permit qu'une affection réciproque s'établit entre les deux jeunes gens. Elle permit aussi à Saint-Maignelay de venir tous les jours, de partager leurs simples repas, de se promener dans le jardin, seul avec Hélène, de l'aider à soigner les fleurs; de s'asseoir à côté d'elle sous le berceau de lierre. Blanche affectait de les regarder comme des enfants, en leur permettant cette familiarité que l'enfance seule autorise, et près de laquelle l'affection qu'on éprouve dans un âge plus avancé, paraît à la fois matérielle et froide.

L'amour de ces deux enfants était franc et innocent; c'était une tendresse ineffable, un penchant qui les entraînait l'un vers l'autre; ils éprouvaient une joie presque surnaturelle en se revoyant.

Ce serait en vain qu'on chercherait à décrire l'état d'esprit de Blanche pendant qu'elle les épiait, et lorsqu'elle étudiait les progrès de l'affection qu'elle avait favorisé.

L'image de cette félicité, à la fois si parfaite et si sainte, faisait contraste avec sa vie horrible et souillée de crimes; alors, hors d'elle-même, elle s'abandonnait à toute sa vengeance; sa colère était affreuse quand son imagination lui représentait Suzanne, sa sœur, lui enlevant l'amour de Lavilletertra !...

IV.

Dans l'appartement de Mme Danglars, Alain venait d'entrer et s'écriait :

— Le moment est arrivé, il faut que vous agissiez... mon rôle est bien près de finir.

Ah ! dit Blanche, que voulez-vous m'apprendre ?

— D'abord, reprit Rocquemont, toute l'affaire qui regarde Hélène est enfin arrangée. Vous savez que, d'après votre permission, je lui ai insinué, comme par hasard, que vous avez si peu de fortune, que je tremblais pour votre avenir... que vous aviez sacrifié presque la moitié de vos ressources pour assister ses parents pendant plusieurs années... elle m'a répondu qu'elle aurait à sa majorité une somme qui excéderait tous ses besoins et...

— Qu'elle me ferait une pension, elle, l'enfant de Jacques Laville férire et de Suzane Parnes ! interrompit Blanche. Jamais, continuez.

— Et vous saurez aussi que, dans le cours de ma conversation avec elle, je lui ai fait comprendre que dans ce cas vous dépendriez des chances de sa vie (car la jeunesse est mortelle comme l'âge avancé), que si elle mourait avant sa majorité, la somme que son grand-père lui avait laissée reviendrait à la famille de son père, et, par mes insinuations, je l'ai amenée à lui faire demander s'il n'y avait pas un moyen par lequel elle pourrait vous assurer de quoi vivre. J'ai, comme un homme d'affaires, conseillé une assurance sur la vie.

Et son dernier soupir s'exhala sans angoisse... (page 61).

— Rocquemont, ces détails sont haïssables, je ne doute pas que vous n'ayez fait cela pour détruire tout soupçon... Et cette fille a assuré sa vie pour le montant de sa fortune ?

— Pour le montant de sa fortune ! Ah ! sa mort nous vaudra plus que cela ! Vous savez peut-être que chaque compagnie d'assurance anglaise (j'ai choisi des maisons anglaises, ne voulant pas qu'on sache cela à Bordeaux) n'assure pas plus de 5000 livres sterling. Il m'a été facile de persuader à Hélène que de telles maisons pouvaient être exposées à manquer et qu'il était d'usage d'assurer dans plusieurs endroits, et qu'ainsi ou pouvait s'assurer pour une plus forte somme ; je l'ai amenée à s'entendre avec trois compagnies d'assurance. A sa mort, le total qui nous sera payé sera de 15.000 livres sterling ; alors, je pourrait remettre à la banque ce que j'ai pris en dernier le bagne, le reste vous assurera une belle aisance et à moi, en procédant avec économie... (Rocquemont sourit) une année de plaisir. Êtes-vous contente ?...

— Elle mourra donc heureuse et innocente ! murmura Blanche.

— Voulez-vous attendre que mes faux soient découverts, et que

Je n'aie plus le pouvoir d'acheter le silence des gens ?... Voulez-vous attendre que je sois en prison et condamné à la déportation ?... Réfléchissez; mais si ma sûreté personnelle n'est rien, comparée au raffinement de votre vengeance, vous vous exposez, en attendant, à ce qu'Hélène épouse Roger de Saint-Maignelay... Vous tressaillez ? Pouvez-vous supposer que cet innocent amour n'atteindra pas rapidement son but ?... Hier, Saint-Maignelay m'a confié qu'il écrivait ce jour même à sa mère, pour lui faire connaître tous ses sentiments pour Hélène, et lui demander son consentement pour l'épouser. Maintenant, de deux choses l'une : ou la mère refusera son consentement pour s'unir à la fille d'un banquier qui s'est déshonoré, et qui n'est après tout que la nièce de cette Blanche Danglars que son mari a refusé d'admettre dans son château...

— Taisez-vous ! s'écria Blanche avec fierté. Et au milieu de son masque de perfidie, quelques étincelles du caractère de ses ancêtres brillèrent sur son front; mais bientôt après, elle ajouta avec une féroce tranquillité :

— Vous avez raison; allons, continuez !...

— Ou bien... pardonnez-moi pour une insulte qui ne vient pas de moi... Mme Marie de Saint-Maignelay, qui exerce une influence toute puissante sur son fils, se hâtera de revenir dans son château pour nous l'enlever, peut-être... et l'occasion qui se présente sera perdue (qui sait !) pour jamais; ou bien, enfin, si elle consent au mariage, elle peut venir nous enlever Hélène pour la conduire chez elle... Enfin, je crois que les délais sont toujours dangereux... Mettez à part mon intérêt personnel, considérez seulement le vôtre... ne perdez point de temps; l'occasion est favorable; n'attendez point que des yeux scrutateurs viennent épier nos actions, et surtout que Mme Marie de Saint-Maignelay vienne entourer de soins Roger et Hélène, dès les premiers symptômes de la maladie, qu'elle appelle des amis peut-être trop clairvoyants... Tandis qu'à présent nous tenons les oiseaux en notre puissance, pourquoi ouvrir la cage et les laisser envoler ?... Ce matin même tout sera terminé avec les compagnies d'assurance, il ne me reste plus qu'à payer le premier quartier d'avance, je pense que je le puis sans fouiller davantage dans votre bourse, que l'usurier Grabman, qui m'a prêté de l'argent, prendra bien assez de soin d'épuiser.

— Et Roger de Saint-Maignelay ? dit Mme Danglars, nous n'avons pas besoin de sacrifice inutile; si mon fils ne peut se retrouver, nous n'avons que faire d'envoyer l'âme de ce jeune homme parmi celles qui nous poursuivent.

— Assurément non, dit Rocquemont, et quant à moi, il peut m'être plus utile vivant que mort : il n'y a point d'assurances sur sa vie; et un ami, riche et crédule comme lui, est aussi rare que précieux : Roger de Saint-Maignelay est votre victime, non la mienne... au moins jusqu'à ce que vous me donniez des ordres, je ne lui ferai aucun mal.

— Oui, qu'il vive... à moins pourtant que mon fils ne me soit rendu; dit Mme Danglars. Qu'il vive pour oublier cette belle Hélène que vous voyez à présent appuyée si délicieusement sur son bras; oui, qu'il vive pour l'abandonner... dans son tombeau... rire de ses rêves puérils... Ah !... si les morts peuvent souffrir, qu'il vive, pour qu'elle puisse voir son inconstance, et sentir les tourments de la jalousie !... Il me semble que cette pensée me consolera, si mon fils n'est plus, et que je reste seule au monde !

— C'est arrangé, dit Rocquemont, tout prêt à terminer une combinaison qui promettait beaucoup d'argent, et qui lui donnait l'espoir que ses faux ne seraient pas découverts... Et maintenant je remets Hélène entre vos mains; elle a vécu assez longtemps !...

V

Mme Danglars, Hélène et Alain Rocquemont sont au château de Saint-Maignelay. Blanche a cédé à l'invitation de Roger. La voilà installée dans le château qui devait lui appartenir. En face de sa chambre est celle d'Hélène, gravement malade, et dont le mal fait chaque jour des progrès.

Il est minuit.

Tout dort dans le château. Blanche ne dort pas. Elle sort une main de son lit, et rallume la bougie, puis elle se met sur son séant; soudain elle jette de côté ses couvertures et descend du lit, se tenant parfaitement droite sur le plancher; elle a une longue robe de nuit. Oui, la pauvre estropiée se leva... elle était sur ses pieds... c'était une résurrection. Ses yeux étaient pleins de feu et de vie... Ce corps si maigre, mais parfait dans ses proportions, se redressa comme la statue grecque de Némésis. Si quelque intime l'avait vue sa stupéfaction aurait été jusqu'à la frayeur, tant le changement était surnaturel ! Blanche réunissait en elle à cet instant les deux éléments les plus formidables dans l'homme ou dans le démon, la perversité et la puissance !

Elle resta un moment immobile, respirant avec force, comme si c'eût été un bonheur de respirer, libre de toute contrainte; enfin prenant le chandelier elle alla, sans faire de bruit, dans la chambre voisine. Blanche ouvrit un secrétaire et prit une petite cassette. Là, dans ce coffret, la mort garde tous ses trésors... Comme l'empoisonneuse cherchait les ingrédients que son horrible dessein avait choisis de préférence, quelque chose de plus lourd que les petits paquets qu'elle tenait, tomba au fond du coffret; elle tressaillit à ce bruit... et puis sourit avec mépris de sa terreur, en prenant l'objet qui avait occasionné ce bruit : c'était une bague très forte, comme celles qui servaient de cachet au moyen âge; la pierre de dessus était une opale. Cet étrange bijou avait été trouvé parmi les papiers de Danglars, avec des notes qui apprenaient le mystère de son usage... En pressant un ressort on faisait sortir une petite pointe d'acier qui avait été trempée dans un poison mortel, auquel on ne connaissait aucun antidote, et qui ne laissait aucune trace après la mort.

Blanche posa la bague, referma la cassette, puis revint dans la chambre à côté.

Quelques minutes après, une faible clarté vint éclairer la fenêtre qui donnait sur l'escalier, et laissa voir une figure pâle, un corps habillé de noir de la tête aux pieds. Son extérieur était indéfinissable; car on ne pouvait reconnaître aucune forme; tout se confondait dans l'obscurité; les mouvements de cette personne étaient rapides, et elle semblait chercher à se cacher; en voyant passer cette ombre noire on aurait pu croire que l'imagination vous trompait !

Ainsi, au milieu des ténèbres, l'empoisonneuse allait chercher sa victime. .. ..

Nous sommes arrivés à ce point où il est nécessaire de jeter un coup d'œil sur cette partie de la vie de Blanche écoulée depuis la mort de Danglars, jusqu'à sa réintroduction dans la deuxième partie de cette histoire.

Blanche était partie en Angleterre. Elle y avait lié connaissance avec un avocat nommé Norton et l'avait épousé; un enfant mâle était résulté de ce mariage. Bientôt la haine s'était allumée entre les époux; le poison avait débarrassé Blanche d'un homme qui lui était devenu odieux; mais Norton, à son lit de mort, soupçonnant la perfidie de sa compagne, avait chargé avant de mourir son ami Edmond Noroy, de soustraire son fils à cette femme criminelle. Elle

[...] l'Anglais Norton avait repris le nom de [...] c'est sous ce nom qu'elle était revenue à Bordeaux.

VI

Un soir, Roger écrivait une longue lettre à sa sœur et il son[...] le capitaine Forbin. Pendant qu'il [...] traçait des mots sur le papier, [...] Pierrot [...] enfant de l'écurie venait de rentrer avec l'animal [...]

[...]

« Mon cher [...] Maréchal [...]

« Il paraît que vous avez pris à votre service un jeune homme [...] seulement sous le nom de Pierrot. Est-il à présent avec [...] Si oui, je vous en prie, gardez-le [...] permettez-lui de venir chez moi, quoiqu'il soit [...] C'est moi qui ferai les [...] À présent [...] paraître plus étrange, je suis retenu à Londres pour une affaire [...] importante [...] Voulez-vous [...]

« sujet qui m'a donné plus de bonheur que le succès fugitif de mon
« petit ouvrage.

« Mes respects à Hélène; dans l'espérance de vous voir bientôt, je
« suis votre bien affectionné

« Edmond.

« P.-S. — Ne parlez pas de ma lettre à Mme Danglars, ni à Hélène,
« enfin à personne, excepté à Pierrot, et ordonnez-lui la même discré-
« tion. »

Roger prit une plume, posa les questions d'un côté et les réponses
de l'autre, comme Noroy le désirait, et souriant de la frayeur de
Pierrot il le renvoya se coucher.

Pierrot n'était pas encore venu dans cette partie du château; quand
il arriva dans le grand corridor, il ne sut de quel côté tourner... à
droite ou à gauche ? Il n'avait pas de lumière; la lune seule répandait
un peu de clarté par une fenêtre dans les volets n'étaient pas fermés.
Cette lueur ne lui permettait pas de voir son chemin : il s'arrêta, ne
sachant pas même si en retournant sur ses pas, il pourrait reconnaître la porte de la chambre de son maître. Tout à coup, Pierrot fut
saisi d'effroi par une étrange apparition... il entendit ouvrir une porte
doucement, au bout de la galerie, et une personne enveloppée de noir
de la tête aux pieds sortit par cette porte. Pierrot se frotta les yeux...
et se glissa machinalement dans l'enfoncement d'une des portes qui
donnait sur le corridor. La figure s'avança de son côté... mais quel fut
son étonnement quand il reconnut Blanche l'infirme, la paralytique,
qui marchait d'un pas ferme, et la taille redressée, elle qu'il avait toujours vue dans un fauteuil qu'on roulait dans le jardin, et dont l'état
malheureux était le sujet ordinaire des commentaires des domestiques.
Oui, la lune brillait sur cette figure, qu'on ne pouvait oublier quand
on l'avait vue une fois... elle était d'une pâleur mortelle, ce qui contrastait avec les draperies noires qui l'enveloppaient. Pierrot n'aurait
pas été plus épouvanté s'il avait vu un revenant. Mme Danglars ne
soupçonna pas la présence de cet espion involontaire. D'un pas assuré et précipité, Blanche entra dans une chambre opposée à celle
qu'elle venait de quitter. Elle disparut sans bruit, comme elle était
venue.

Pierrot fut longtemps avant de pouvoir se remettre de sa peur et
de sa surprise; enfin il se décida à sortir de sa cachette et s'élança
du côté par où il était venu. Heureusement ce chemin le conduisit
vers le grand escalier : il respirait à peine. Il rentra dans le réduit
qu'il occupait en sa qualité de valet d'écurie. Là, peu à peu, il se remit de sa frayeur et résolut de confier à son jeune maître sa découverte étrange et de bien surveiller cette Mme Danglars et ce Rocquemont.

VII

Le lendemain, au château, tout était dans la plus grande confusion.
Le matin, de bonne heure, Hélène fut trouvée par la femme de chambre dans un état d'insensibilité complet, duquel elle fut tirée par de
violents spasmes dans la région du cœur.

Mme Danglars, ayant appris l'état de sa nièce, montra une grande
inquiétude. Rocquemont, lui-même, couru chercher le docteur Sylvestre; quand ce dernier vit Hélène, il ne dissimule pas ses craintes
sur le danger de la malade. Les symptômes étaient sans aucun doute
ceux de l'Angina pectoris.

Les remèdes ordinaires furent promptement administrés; ils pro-
curèrent une espèce de soulagement qui fit concevoir un peu d'espoir, mais avant midi les spasmes revinrent avec plus de violence
encore. Mme Danglars s'abstint d'abord d'entrer dans la chambre de
la malade; mais après une entrevue secrète avec Rocquemont qui
était sensé être allé lui donner des nouvelles de sa nièce, et lui dire

que la maladie s'aggravait de plus en plus, Blanche, reprenant son masque de perfidie, se fit rouler dans son fauteuil jusqu'à côté du lit d'Hélène; elle posa au docteur quelques questions précipitées, en le suivant des yeux, elle avait l'air de partager la sympathie de tous ceux qui entouraient sa nièce mourante.

Rocquemont attendait en dehors de la chambre, allant et venant dans le corridor comme une sentinelle. Les domestiques, en traversant ce corridor, se parlaient entre eux à voix basse... Toute la maison était désorganisée, on plaignait Hélène, on plaignait Roger; les domestiques qui remplissaient les petits emplois, comme les garçons de cuisine, s'assemblaient en haut de l'escalier, et se glissaient vers l'entrée du corridor. Au milieu de cette confusion, Pierrot, qui avait été envoyé par Roger chercher un médecin fort éloigné du château, rôdait dans le corridor, et de temps en temps s'arrêtait près de la porte de la chambre de la malade, sans même attirer l'attention de Rocquemont.

Enfin, un peu après midi, Rocquemont arrêta une des femmes de chambre qui allait entrer chez Hélène, et lui dit :

— Veuillez dire à la pauvre Mme Danglars de venir un instant; la scène est trop déchirante pour elle... Je viens de penser à un nouveau remède; je vous en prie, ramenez-la dans son fauteuil jusqu'à sa chambre; et là, je lui parlerai. La servante répondit par un signe affirmatif et entra. Rocquemont en se retournant s'aperçut que Pierrot était là, et lui dit durement :

— Que faites-vous ici ? allez attendre en bas qu'on vous envoie chercher !

Pierrot secoua la tête et se retira, non pas du côté du grand escalier, mais vers celui qui était pour les domestiques, et que ses recherches topographiques lui avaient fait connaître. Pour gagner cet escalier, il fallait passer devant la chambre de Blanche; la porte était entr'ouverte; la figure de Rocquemont était tournée dans une direction opposée. Pierrot regarda furtivement, respirant à peine, puis se glissa doucement derrière la tapisserie; bientôt après, on amena Mme Danglars. Rocquemont vint fermer la porte avec soin, et tournant la clef à double tour il dit d'une voix presque étouffée : — Est-ce que vous perdez courage ?... A quoi songez-vous ?... Je vous ai vue dans des circonstances aussi terribles que celle-ci, et où il y avait moins à gagner, et vous n'étiez pas troublée comme aujourd'hui !...

Les lèvres de Blanche balbutièrent quelques mots, puis elle porta sa main à son front comme pour y essuyer une tache... — C'est là, dit-elle; là qu'elle m'a embrassée !... Ce baiser me brûle !... Puis avec effort elle revint un peu à elle-même et dit :

— De quoi vous plaignez-vous ?... Le crime est accompli !... elle m'a embrassée hier au soir pour la dernière fois !... J'ai relu encore les protestations d'amour que son père m'adressait. J'ai lu aussi la lettre qui m'annonce que mon fils m'est rendu !... et j'ai mêlé le poison d'une main sûre ! Je suis entrée dans sa chambre... Une lumière venait du ciel... c'était l'œil de Dieu !... et le chien hurlait comme sur un cercueil... comme s'il eût vu une furie sortir des enfers... et Hélène s'est éveillée... et... ce soir son sommeil sera plus calme !...

— Du courage ! de la résolution !... s'écria Rocquemont, la prenant rudement par le bras. Souvenez-vous de tout ce qu'il nous reste encore à faire... Roger de Saint-Maignelay va revenir... peut-être ramènera-t-il ce Fortin... donnez-moi le poison destiné à Roger, donnez-moi la clef !...

— Assez de meurtres pour un jour... dit Blanche.

— Et le meurtre d'Hélène sera donc inutile ?... Si nous perdons l'occasion de la première douleur de Saint-Maignelay, quelle autre aurons-nous, pour faire croire à une mort subite qu'un grand chagrin peut occasionner ? Votre fils... bientôt vous le presserez dans vos bras... vous l'embrasserez indigent ou riche par l'héritage de ce château.

A ces mots, Blanche se leva brusquement, alla vers son secrétaire... l'ouvrit... en sortit la fatale cassette, et vint la mettre sur la table...

Quand le choix du poison fut fait, Rocquemont le cacha sur lui, puis il s'approcha du feu, souffla le bois qui était presque éteint, et le fit flamber.

— C'est à présent, dit-il avec son sourire glacial et ironique, que nous pouvons jeter au feu ces armes inutiles; car nous n'en aurons plus besoin. Il est certain que lorsque la succession de Saint-Maigne lay reviendra à votre fils Walter Norton, nous n'aurons plus besoin de ces terribles poisons... nous aurons assez d'or !... Qu'ils soient anéantis ces témoins muets de nos crimes !... qu'ils périssent ces éléments qui ont obéi à notre volonté !... Aucun poison ne doit être trouvé ici !... Feu, consume-les !...

Au nom de la loi, je vous arrête (page 62).

En parlant ainsi, Rocquemont jeta au feu le contenu de la cassette, et une flamme bleuâtre s'éleva et bientôt s'éteignit...

Blanche regardait en silence. En revenant vers la table, Rocquemont sentit quelque chose de dur sous ses pieds; il regarda, se baissa et ramassa cet objet : c'était la bague dont nous avons déjà parlé et fait la description; cette bague qui était dans la cassette, venait de tomber à terre, presque aux pieds de Blanche, lorsque Rocquemont avait jeté au feu les poisons.

— Cette bague, du moins, ne parlera pas, dit-il. Ce serait dommage de la détruire. Nous ne pourrions jamais la remplacer.

— Oui, dit Blanche d'un air rêveur. Et si la découverte de nos crimes arrive, ce sera un refuge pour échapper à l'échafaud... Donnez-moi cette bague ! Et elle prit la bague et la mit à son doigt.

— Maintenant, dit Rocquemont, je vous quitte pour un moment; du calme et beaucoup de sang-froid, n'est-ce pas ? Je retourne dans la chambre d'Hélène pour demander avec instance qu'on envoie chercher de nouveaux secours à Bordeaux.

Blanche, les yeux fixés à terre, ne répondit pas. Rocquemont sortit. L'empoisonneuse demeura immobile, tandis que le témoin caché derrière la tapisserie, frappé d'horreur de ce qu'il venait d'entendre, était impatient de sortir de sa cachette pour aller sauver son maître bien-aimé du sort qui l'attendait. Il hasarda de se glisser le long du mur jusqu'à la porte, et voyant que Blanche avait toujours les yeux baissés, il s'élança et mit la main sur le bouton de la porte.

Dans ce moment, Blanche leva les yeux et vit Pierrot... Leurs yeux se rencontrèrent... Ceux de Pierrot furent fascinés comme ceux de l'oiseau par le regard du serpent. A cette vue, Blanche retrouva toute sa présence d'esprit... Avant qu'il s'y attendit, elle était près de lui, et le prenant par la main, elle lui dit à l'oreille :

— Ne bougez pas... ne criez pas... où vous êtes...

Pierrot ne la laissa pas continuer. Et avec la force et la violence de la peur, il la frappa et la renversa par terre... mais elle s'attacha à lui; et quoique étourdie du coup, ses yeux prirent une expression féroce. Il lutta de toutes ses forces pour lui faire lâcher prise; mais Blanche, alors, saisit le bras qui l'avait frappée, et aussitôt, il sentit une douleur aiguë, comme si ses ongles étaient entrés dans sa chair... Pierrot fut exaspéré et fit de nouveaux efforts; enfin il se débarrassa de ses mains, et Blanche le lâcha en souriant de mépris et comme sûre de son triomphe. Cependant Pierrot lui donna encore des coups de pied, et la laissant étendue près du seuil de la porte, il l'ouvrit et s'élança dehors... Le pauvre Pierrot n'avait qu'une seule pensée, c'était de voler à la rencontre de son maître, l'avertir et le défendre.

Il y avait environ quatre ou cinq minutes que Blanche gisait sur le plancher, toute étourdie, et presque sans connaissance, car, outre la violence des coups et de sa chute, cette découverte imprévue avait paralysé la rare vigueur de son esprit et de sa constitution, quand Rocquemont entra.

— Les spasmes ont cessé, dit-il d'une voix sombre avant d'avoir aperçu Blanche par terre; mais la voix de son complice rendit à cette dernière toute sa raison et le sentiment du danger. Elle se releva avec effort et raconta précipitamment ce qui s'était passé.

— Partez ! Partez !... courez pour l'arrêter et l'enfermer pendant quelques heures, oui, quelques heures seulement... j'ai fait le reste !... Et son doigt montra la fatale bague.

Rocquemont n'attendit pas davantage, il sortit et enfourcha sa bicyclette; car il supposa que Pierrot était parti pour avertir Roger. En effet, un garçon d'écurie lui dit qu'il avait pris la route d'Oriol. Rocquemont pédala rageusement en s'écriant : — Moi aussi, je vais à Bordeaux... la pauvre jeune fille !... Je vais préparer votre maître... Ce dernier mot était à peine prononcé, qu'il partit comme un éclair.

Après avoir traversé le parc et atteint la route, une automobile passa à côté de lui... Troublé comme il l'était, il n'entendit pas qu'on lui criait :

« Rocquemont ! Rocquemont ! »; il ne vit pas Edmond Noroy; non, penché sur sa machine, il était sourd, il était aveugle pour tout ce qui l'entourait, quand tout à coup il aperçut l'objet de sa poursuite devant lui... Oui, ses yeux virent distinctement au haut de la montée, une bicyclette qui allait comme la sienne à toute allure. Pierrot ralentit soudain sa course, il parut même chanceler sur sa selle, comme s'il eût été sur le point de tomber. Rocquemont laissa échapper un cri de joie sauvage. Oh ! la bague empoisonnée commençait son ouvrage meurtrier, le poison courait dans les veines du pauvre Pierrot. Rocquemont regarda tout autour de lui... il ne vit personne... cet endroit semblait favorable au crime; il pédala fortement... quand soudain au détour de la route, arriva une autre automobile, près de l'endroit où Pierrot s'était arrêté.

L'automobile stoppa. Rocquemont épouvanté recule, et se jette sur le côté vers la haie qui borde la route. Quelqu'un dans l'auto parle à Pierrot. N'est-ce pas Roger de Saint-Maignelay lui-même ? Avec rage et terreur il vit Pierrot chanceler en marchant jusqu'à la portière... Il voit le wattman l'aider à monter. Il le voit entrer... c'est sans doute Roger qui revient ! c'est Saint-Maignelay à qui Pierrot raconte cette histoire horrible ! Rocquemont, effrayé, ne pense plus qu'à se sauver... Il tourne sa bicyclette vers la haie et la franchit. Puis, se trouvant caché, il s'arrête épouvanté, et écoutant toujours... Enfin, il entend rouler l'auto qui prend la direction du château.

VIII

Il semblait maintenant que plus le danger devenait imminent, plus Blanche retrouvait les facultés qui l'avaient abandonnée un moment, en la laissant en proie à une terrible stupeur... La nécessité de jouer son rôle avec toute l'hypocrisie convenable l'avait ranimée. Mais sa profonde dissimulation était un effort surnaturel... qui tendait jusqu'à les rompre les fibres de son cerveau.

Une automobile s'arrêta sous le péristyle, deux messieurs en descendirent. Le plus âgé, après avoir échangé quelques paroles avec les domestiques, allait se retirer, pensant que sa visite serait inconvenante ce jour-là; mais le plus jeune, après avoir attendu un moment, entra dans la maison; l'autre s'arrêta irrésolu, et enfin, prenant une carte dans son portefeuille il écrivit : « Monsieur Pierre Noroy demande s'il peut s'entretenir un instant avec Mme Danglars. » — Voulez-vous porter cette carte, et dire que j'attendrai ses ordres au Grand-Hôtel à Bordeaux.

Le domestique regarda la carte en hésitant; puis il invita Noroy à entrer dans le salon, tandis qu'il irait porter la carte; peu après, il revint lui dire que Mme Danglars était visible. Noroy suivit son guide, monta le grand escalier; en entrant dans le corridor, il vit son jeune compagnon qui conversait vivement avec le docteur Sylvestre, et paraissait le prier avec instance...; le docteur fit un signe d'assentiment... ce dernier ouvrit une porte et le jeune homme entra avec lui.

Pierre Noroy arriva bientôt avec le valet devant la porte opposée à celle par où son compagnon était entré.

Dans l'appartement, Blanche appuyée sur les bras de son fauteuil, les yeux fixes, attendait le visiteur.

Pierre Noroy fut épouvanté de trouver Blanche avec des traits si altérés. Néanmoins, il s'assit dans un fauteuil placé pour lui, en face d'elle, et, après avoir toussé, il dit d'une voix un peu hésitante :

— Je suis désolé, madame, d'arriver auprès de vous dans un moment si triste, lorsque j'espérais que ma visite vous apporterait de la joie... Je désire apprendre de vous que le domestique a exagéré l'état de votre nièce, et j'ose encore espérer que vous aurez deux consolateurs dans votre vieillesse, votre fils... et l'unique fille de la pauvre Suzanne !

— Monsieur, dit Blanche d'une voix sombre, les moments sont précieux. Vous pouvez juger du désir que j'ai de vous entendre en vous recevant ! Monsieur !.. monsieur ! mon fils !... En prononçant ces mots ses yeux se tournèrent vers la porte. Vous êtes venu avec quelqu'un; pourquoi n'entre-t-il pas ?... mon fils !...

— Madame, accordez-moi un moment d'entretien, je serai bref.

Alors Noroy raconta rapidement tous les détails qu'il est inutile de répéter, les recommandations de Norton, la remise de l'enfant à la femme choisie par son majordome, et qui passait pour avoir été le premier amant de cette même femme qu'il avait recommandée; cette mégère abandonna l'enfant qu'on lui avait confié, aussitôt que l'argent qu'elle avait reçu pour ses dépenses fut épuisé. Heureusement elle lui avait laissé suspendu à son cou un bijou sur lequel, ainsi que sur le bras du bébé étaient gravées les initiales W. N. C'était Pierre-Noroy qui avait eu la précaution de faire ces signes de reconnaissance, et par eux le fils de Blanche avait été retrouvé.

— Pour arriver à ce résultat, continua Noroy, la personne que j'ai employée a rencontré votre agent, et ce dernier a suivi le plan qu'ils avaient tracé ensemble; cette personne m'a aidé de tout son pouvoir, d'autant plus qu'elle vous connaissait; vous devez à son zèle, à son intelligence le bonheur de presser bientôt votre fils contre votre cœur...; il a compris vos chagrins; Madame, remerciez mon fils, c'est lui qui vous rend le vôtre !

Blanche avait écouté tous ces détails en gardant le silence; mais quand Noroy eut fini, elle s'écria en pleurant :

— Mon fils, abandonné, élevé par une mendiante !... mon fils !... Oh ! Noroy, vous avez bien rempli votre tâche... vous avez bien remplacé une mère !...

Avant que Noroy eût le temps de répondre, la porte s'ouvrit et l'espion des secrets de Blanche, le dénonciateur de son crime, parut, soutenu par le capitaine Fortin; il chancelait et ses traits étaient agités par d'affreuses convulsions. C'était Pierrot; il montrait Blanche, en s'écriant : — Arrêtez-la !... c'est elle qui est l'assassin de sa nièce... de... de... Je vous l'ai dit, monsieur... Je vous l'ai dit.

— Madame, dit le capitaine Fortin, vous êtes accusée du plus horrible des crimes. Plaise à Dieu que vous puissiez être innocente ! Votre nièce vit encore; plût à Dieu que sa mort ne soit attribuée à une parente !

Mme Danglars regardait tout le monde avec des yeux égarés, et restait muette; mais ses lèvres exprimaient encore le mépris; et l'arrogance sur le front elle dit enfin à Pierre Noroy :

— Où est mon fils ? Qu'il vienne pour protéger sa mère ! rendez-moi mon fils... mon fils !!...

Ces derniers mots furent étouffés par un nouvel éclat de fureur de son dénonciateur; Pierrot hurlait ses effrayantes accusations et ses malédictions, dans les termes les plus grossiers, tels que son manque d'éducation pouvait les lui fournir...

En vain le capitaine tâchait de le retenir; en vain Pierre Noroy cherchait à l'entraîner hors de la chambre; mais tandis que le pauvre Pierrot ignorait que le poison coulait aussi dans ses veines, et qu'il continuait à vociférer et à charger Blanche, un terrible pressentiment s'empara de l'esprit de Pierre Noroy; comme il avait saisi le bras de l'ancien balayeur, il le découvrit un peu, et sous la manche, sur l'avant-bras, il vit les lettres W. N. gravées dans sa chair, qui témoignaient de son identité avec William Norton.

— Arrêtez, arrêtez !... s'écria Noroy... arrêtez, malheureux !... c'est votre mère que vous dénoncez !

Blanche se leva... ses yeux semblaient sortir de leur orbite; elle prit le bras qui la menaçait; et là, à côté des lettres qui proclamaient son fils, elle vit la petite piqûre entourée d'un cercle livide, qui annonçait la mort prochaine de sa victime. En cet instant, elle reconnut son enfant dans l'homme qui la condamnait à l'échafaud... la mère était l'assassin de son fils...

Blanche laissa retomber ses bras, et se rejeta sur son fauteuil. Soit que le poison eût atteint alors les parties vitales, ou qu'une émotion si terrible dans une constitution si frêle suffit pour donner la mort, Pierrot poussa un cri étouffé, quitta la main de Noroy, et s'avança d'un pas chancelant; le sang ruissela de sa bouche et couvrit la robe de Blanche, sa tête se pencha, et tomba sur ses genoux, puis alla frapper lourdement le plancher. Le capitaine Fortin et Noroy le relevèrent et le prirent dans leurs bras, Pierrot rouvrit les yeux... le râle le prit... et ses yeux se fermèrent, il était mort...

Un éclat de rire se fit entendre... il résonna au loin, tout le monde dans le château l'entendit. Avec ce rire s'enfuit, pour toujours, la raison de cette mère homicide.

Lorsque cet éclat de rire retentit, Hélène était dans un moment de calme, et Edmond Noroy était agenouillé à côté d'elle. Cette horrible gaieté la glaça d'effroi.

— C'est votre tante qui laisse éclater sa joie, dit le jeune Noroy. Mon père vient, sans doute, de lui rendre son fils !

— Que cette pensée me rend heureuse ! Je ne désire rien de plus. Je sens que j'ai peu de temps à vivre. Puis-je voir ma tante avant de mourir ?.. Si elle ne peut venir, dites-lui que j'ai prié Dieu pour elle, en l'embrassant hier au soir !... hier !... et c'était peut-être pour la dernière fois !...

— Ne parlez pas ainsi, Hélène ! Vos peines sont finies... vous vous rétablirez... et vous vivrez encore.

Le docteur Sylvestre s'approcha, et dit à Noroy à voix basse :

— Ne lui parlez pas davantage; cela la fatigue.

Edmond leva les yeux, regarda la malade et sourit.

Le docteur, mettant la main sur l'épaule du jeune homme, le pria de se retirer.

— Non, pas encore... dit Hélène, je voudrais lui dire un mot en secret.

Le docteur s'éloigna et alla vers la fenêtre.

— Cousin, lui dit-elle (la rougeur lui monta au visage, et lui donna pour une seconde l'apparence de la santé), consolez Roger de Saint-Maignelay : vous êtes courageux et prudent; veillez sur lui... En disant ces mots, elle pressa fortement la main de Noroy.

Cependant Roger fut de retour avant que tout fût fini... Hélène avait prévu et senti son approche une heure avant son arrivée, et comme il s'élançait dans la chambre elle lui tendit les bras en murmurant :

— Je n'attendais plus que vous...

La main de Saint-Maignelay fut la dernière qu'elle pressa...

Hélène arrêta ses yeux sur lui... et son dernier soupir s'exhala sans angoisse.

Alain Rocquemont revint au château à la tombée de la nuit; il eut une longue conférence avec Fortin et Edmond Noroy; il pressa, lui-même, pour qu'on fît toutes les investigations possibles. On ne découvrit aucune trace de poison. On attribua la mort d'Hélène à une cause naturelle. Enfin, on ne put accuser ni Rocquemont, ni Mme Danglars, puisqu'il n'y avait aucune preuve de leur crime.

Le capitaine Fortin, ayant reconnu la livrée de Saint-Maignelay sur Pierrot, avait, comme nous l'avons vu, fait arrêter son automobile, pour demander simplement si Roger était au château, et l'avait fait monter dans sa voiture pour expliquer l'horrible sens des mots entrecoupés que Pierrot proférait.

Fortin avait été épouvanté de ses révélations; mais l'histoire du poison fut rejetée, comme provenant d'un cerveau malade.

Après la mort du pauvre Pierrot, on procéda à son autopsie, qui démontra que les membranes du cerveau étaient gorgées de sang, comme dans la fièvre cérébrale. La légère piqûre de l'avant-bras fut attribuée à quelque clou rouillé, qui, dans un sang vicié avait produit ce cercle livide.

Si quelques doutes restaient encore dans l'esprit de Fortin, du moins il n'était plus si véhément pour les exprimer. Pourquoi ajouter encore au grand désespoir de Roger, et imprimer une tache à l'honorable famille de Saint-Maignelay, puisqu'un juste châtiment ne pouvait atteindre les coupables ?..

Aussitôt que toutes les investigations furent terminées, Alain Rocquemont prit congé de Fortin, et quitta le château avec Blanche Danglars... qui n'était plus que l'ombre d'elle-même... car son esprit était perdu sans retour... cet esprit fécond et agité, qui formait les projets les plus horribles, et savait sous son masque de perfidie les mettre à exécution, avec toute la ruse d'une cruelle énergie. Ses paroxysmes de folie étaient terribles et tenaient de son caractère destructeur. On eut bien de la peine à la faire monter en automobile; enfin quand elle y fut placée, Rocquemont se mit à côté d'elle, et ordonna le départ; comme l'auto démarrait, le son lugubre de la cloche de l'Eglise voisine annonçait par son tintement funèbre, la mort et l'enterrement de deux personnes !

IX

Rocquemont, avant de prendre le train pour Paris, s'était débarrassé de sa terrible complice. L'automobile stoppa devant la grille d'un vaste bâtiment; et bientôt les portes d'une maison d'aliénés se fermèrent sur Blanche Dauglars.

Rocquemont, avec l'audace de son caractère et réduit presque à la misère, se mit, en arrivant à Paris, en mesure de recouvrer les sommes assurées sur la vie d'Hélène. Blanche, à qui elles devaient revenir, étant interdite par sa folie, la loi adjugeait le profit de ces sommes à la personne qu'elle aurait pu désigner par un testament qu'elle aurait fait quand elle avait sa raison. Avec l'aide de l'usurier Grabman, un testament fut aisément fabriqué en faveur d'Alain Rocquemont; alors ce dernier fit valoir ses droits. Mais il s'éleva beaucoup de contestations... La mort d'Hélène, qui avait suivi de près les assurances; les rumeurs qui circulaient dans les environs du château de Saint-Maignelay; les recherches sur la vie passée de Rocquemont, et plusieurs circonstances qu'on avait découvertes sur la mort de son oncle, tout cela décida les Compagnies d'assurance à intenter un procès. Lui, pressé par ses dettes, tourmenté jour et nuit par la crainte d'être arrêté pour ses faux sur la Banque de France, il résolut de passer en Angleterre, en attendant l'issue du procès.

Il fit tous ses préparatifs, confia sa cause à Grabman, qui, frustré de la récompense promise pour ses prêts à Alain, jura bien de se rattraper sur le recouvrement des assurances.

Au moment où Alain Rocquemont, arrivé à Dieppe par le rapide du matin, allait monter à bord du paquebot qui devait le conduire à Newhaven, il se sentit frapper rudement sur l'épaule, et une grosse voix lui dit :

— Monsieur Alain Rocquemont, au nom de la loi, je vous arrête.

— Pourquoi... pour quelques méchantes dettes, sans doute ?... murmura Rocquemont.

— Pour faux !

Rocquemont mit la main sous son gilet, mais le policier la saisit à temps, et lui arracha son poignard.

Alain, se voyant pris, se laissa aller au plus violent désespoir.

Malgré le courage dont il se vantait souvent; bien qu'il répétât sans cesse que lorsque la vie cesserait de lui être agréable, il saurait bien s'en affranchir; quoiqu'il possédât la bague meurtrière de Blanche et que la mort fût à ses ordres: se donner la mort était la dernière de ses pensées.

Conseillé par son avocat d'avouer son délit, il obéit, et la peine des travaux forcés à perpétuité fut prononcée contre lui. Cette sentence lui donna un moment de répit; mais quand son imagination lui peignit, dans sa cellule, toutes les tortures de cette peine, l'échafaud perdit alors à ses yeux toute son horreur. Oui, c'était un supplice de tous les instants !... Sans espoir s'échapper au fatal arrêt, ces mots : A perpétuité ! étaient toujours devant lui.

Blanche et Alain, ces deux êtres associés dans leurs crimes épouvantables, crimes que les lois punissent de la peine de mort, avaient dit sous leur masque de perfidie : Commettons le crime, mais évitous le châtiment. Par la science infernale que Lucien Dangiars leur avait léguée, ils atteignirent leur but.

Mais la justice de Dieu s'appesantit sur eux, bien qu'ils échappassent à l'échafaud. Les forfaits de Rocquemont ne furent pas découverts; il fut puni pour un faux.

A l'abri de la justice humaine, une nuit profonde enveloppait les crimes de Blanche, femme épouvantable, l'assassin de deux maris, de sa nièce et de son fils Les lois aveugles l'épargnèrent, et même ne la soupçonnèrent pas. Ce fut la foudre du Ciel qui frappa cette beauté perfide.

FIN

Paraîtra prochainement :

CŒUR DOMPTÉ

PAR

EDOUARD PINON

Vient de paraître :

LE NOUVEL
ORACLE DU DESTIN
(1918)

Pour Dames et Jeunes Filles, Marraines et Poilus

PRIX : 1 FRANC.

Envoi franco contre 1 fr. 15 en timbres adressés à la *Librairie des Romans Choisis*, 94, avenue de la République, Par's.

44320-8. — Imp. de la Bourse de Commerce (G. BUREAU), 35, rue J.-J.-Rousseau, Paris.

LES ROMANS CHOISIS